Arena-Taschenbuch

Band 2642

Catherine MacPhail,
geboren 1946, lebt mit ihrer Familie in Greenock, Schottland.
Die Wahrheit über Derek Moody ist ihr sechster Roman
und ihr erster, der ins Deutsche übersetzt wurde.
Die Autorin ist in Großbritannien außerordentlich populär
und hat für ihr Werk zahlreiche Auszeichnungen erhalten.

Catherine MacPhail

Die Wahrheit über Derek Moody

Aus dem Englischen übersetzt
von Barbara Küper

Arena

Für Janice, in Liebe

In neuer Rechtschreibung

Deutsche Erstausgabe
1. Auflage als Arena-Taschenbuch 2003

Die Originalausgabe erschien 2000 bei Bloomsbury, London

Aus dem Englischen von Barbara Küper

Einbandgestaltung: knaus. büro für konzeptionelle und visuelle identitäten, Würzburg
Gesamtherstellung: Westermann Druck Zwickau GmbH
ISSN 0518-4002
ISBN 3-401-02642-9

Erstes Kapitel

PENG! PENG!
PLONK! BANG!
1.800 Punkte! MIGHTY MAX IST JETZT CHAMPION!
WILLST DU WEITERMACHEN ODER AUFGEBEN?

Aufgeben? Der Begriff kam in ihrem Wortschatz nicht vor. Sie hämmerte auf den Computer ein und machte weiter.
ZISCH! KRAWUMM! PLONK!
BANG! BANG! JETZT BIST DU TOT!

Die 1.800 Punkte verschwanden vom Bildschirm. Sie war nicht mehr Champion. Mighty Zola hatte gewonnen.
»Betrug!«, fauchte sie das Muskelpaket auf dem Bildschirm an, das die Hände in die Hüften stemmte und hämisch auf sie herabgrinste. Plötzlich war sie wütend auf den Kerl. Wütend auf die ganze Welt.
»Betrug!«, sagte sie wieder, lauter diesmal. Andere in der Spielothek hörten auf zu spielen und schauten zu ihr herüber. Lass sie doch schauen, dachte sie. Sie würde

ihnen schon etwas zu sehen geben. Sie schlug mit der Faust gegen den Bildschirm. An allen Rändern begannen ringsum Lichter zu blinken. Sie wollte Mighty Zola dieses überlegene Grinsen von der Visage fegen. Es in Stücke schlagen! Sie griff nach ihrem Rucksack und schleuderte ihn in Richtung des Gegners.

»Betrug!«, kreischte sie.

»Was ist denn dahinten los?«, ertönte es plötzlich lautstark vom anderen Ende des Raums. Mr Simms, genannt Simmy, lehnte sich aus seiner Kabine. Seine Augen verschossen Blitze, als er sie entdeckte. »Du!« Er versuchte seine dicke Wampe aus der winzigen Kabine herauszumanövrieren.

»Ich kenne dich, Maxine Moody! Wenn du das Gerät kaputtgemacht hast, schick ich dir die Polizei auf den Hals!« Sein großer Bauch wabbelte, während er sich freikämpfte. Maxine streckte ihm die Zunge heraus. Er bebte vor Entrüstung. »Ich komme gleich!«, warnte er sie.

»Da kommt Weihnachten schneller«, rief sie zurück. Dann ließ sie einen Triumphschrei los und stürmte aus der Spielothek.

»Ich ruf die Polizei!« Sein Schimpfen folgte ihr bis auf die Straße. Aber er würde die Polizei nicht rufen. Nicht Simmy. Er selbst würde nämlich als Erster Probleme bekommen, weil sie in seinem Laden gewesen war. Sie war erst dreizehn. Minderjährig. Sie sollte in der Schule sein, Simmy wusste das. Störte es ihn vielleicht? Ihr Geld war genauso gut wie das von jedem anderen. Mighty Zola war Maxines stärkstes Spiel. Sie beherrschte es besser als alle anderen Spieler. Champion mit höchster Punktzahl, außer wenn Zola selbst schummelte und sie besiegte.

Sie hüpfte die Straße hinunter und ihre gute Laune kehrte zurück. Kein Wunder, dass sie stark in dem Spiel war. Sie hatte jede Menge Übung. Sie verbrachte viel Zeit in Simmys Laden. Ständig, seit ...

Sie verdrängte den Gedanken. Darüber wollte sie jetzt nicht nachdenken. Der Tag heute war zu schön.

In Hochstimmung tanzte sie die Straße entlang und wirbelte den Rucksack um sich. Er traf jemand voll in den Magen. Der Jemand hielt den Rucksack fest und riss sie fast um.

»Hey!«, rief sie, noch ganz benommen. »Was glauben Sie ...«

Zwei Augen funkelten sie empört an. Sie kannte ihn. Cam. Aus ihrer Schule. Zwei Jahre über ihr. Ein Streber. Ein Oberschlauer. Seinem Vater gehörte eines der China-Schnellrestaurants in der Gegend. Sie hatte Cam noch kein einziges Mal lächeln sehen.

Oh bitte, so empört schauen wie er konnte sie allemal.

»Hast du irgendein Problem?«, fragte sie.

»Du bist wieder nicht zur Schule gegangen«, sagte er förmlich.

»Wie schlau von dir, dass du das bemerkst. Kein Wunder, dass du Klassenbester bist.«

»Du bist ein sehr dummes kleines Mädchen.«
»Kleines Mädchen! Ich bin dreizehn!«
»Mit dem Verstand einer Fünfjährigen. Erstaunlich.«
Versuchte er witzig zu sein? Dem würde sie es zeigen.
»Ich *hab* wenigstens Verstand.« Das war allerdings so ziemlich das Dümmste, was sie sagen konnte. Cam war im Quizteam der Schule und seinetwegen gewannen sie ständig mühelos die Schulmeisterschaften. Sie entdeckte plötzlich, dass sie ihn nicht ausstehen konnte. Sie kannte ihn kaum, aber sie konnte ihn nicht ausstehen.
»Warum tust du das?«, redete er weiter. »Haben deine Eltern noch nicht genug durchgemacht?«
Jetzt hatte sie wenigstens einen Grund, ihn zu hassen. Das war genau das, was sie brauchte.
»Mister Perfect!«, schnauzte sie ihn an. »Du machst wohl nie was falsch?« Sie riss ihm ihren Rucksack aus der Hand. »Du hast absolut keine Ahnung!«, brüllte sie und rannte davon.
Niemand hatte Verständnis. Seit jeher. Niemand hatte Interesse. Nicht ihre Eltern und auch sonst keiner.
Ob IHRE ELTERN nicht genug durchgemacht hatten?
Und was war mit IHR?
Seit zehn Monaten war Derek jetzt weg. Ihr großer Bruder. Er war so alt gewesen wie sie heute, als er sich an einem Tag wie jedem anderen auf den Weg zur Schule gemacht hatte und einfach nicht zurückgekommen war. Vermisst. Wie so viele andere. Monate des Wartens und

Betens, in denen sie alles Erdenkliche unternommen hatten, um ihn zu finden, hatten nichts gebracht. Nicht die geringste Spur. Mum und Dad hatten sogar übers Fernsehen einen Appell an ihn gerichtet, er solle zurückkommen. Zuletzt hatte es Ärger mit ihm in der Schule gegeben, er hatte den Unterricht geschwänzt und sich geprügelt. Mum und Dad hatten andauernd etwas zu meckern und an jenem Morgen hatten sie wieder einen albernen Streit mit ihm gehabt. Maxine konnte sich nicht einmal erinnern, worum es dabei gegangen war. Wenn er nur zurückkäme, wäre alles wieder in Ordnung, so versicherten sie ihm. Alles, was sie wollten, war, dass er heil und gesund zu ihnen zurückkehrte.

Aber er kam nicht zurück.

Und in dem Maß, wie sich die Monate in die Länge zogen, schwand die Hoffnung auf seine Rückkehr. Meldungen, wonach er an Bushaltestellen, in Parks und an Bahnhöfen gesichtet worden war, führten alle ins Nichts. Derek schien sich in Luft aufgelöst zu haben.

Dennoch gaben Maxines Eltern nie die Hoffnung auf. Sie versuchten es immer wieder. Derek wurde zu ihrem einzigen Lebensinhalt, beherrschte all ihre Gedanken.

Und genau zu dieser Zeit begriff Maxine, dass in den Gedanken, den Herzen ihrer Eltern kein Platz übrig war . . . für sie. Alles drehte sich um Derek. Wenn aus London oder Birmingham oder Cornwall Nachrichten über ihn eintrafen, wurde sie bei ihrer Großmutter oder irgendwelchen Nachbarn verstaut, während ihre Eltern jede Spur verfolgten. Auch ihren Urlaub verbrachten die Eltern damit, jedem Hinweis nachzugehen, der sie zu ihrem Sohn führen könnte, während Maxine bei irgendwem abgeladen wurde, dem man sie zumuten konnte. Maxine hatte lange dazu gebraucht, aber allmählich dämmerte ihr die Wahrheit.

Sie war ihren Eltern einfach egal.

Manchmal ertappte sie ihre Mutter dabei, wie sie ihr einen seltsamen Blick zuwarf. Sie hatte rasch herausgefunden, was dieser Blick bedeutete.

Mum dachte: Warum konntest nicht *du* es sein?

Hatten ihre Eltern nicht genug durchgemacht?

Die beiden hatten sich wenigstens gegenseitig. Sie hatte niemanden.

Es gab Phasen, in denen sie Derek regelrecht hasste. Sie konnte sich nur noch schemenhaft an ihn erinnern. Rotblonde Haare, die ihm in die Stirn hingen, ein verwegenes Grinsen – das war so ziemlich alles, was sie von ihm vor sich sah. Und trotzdem hasste sie ihn.

Manchmal wünschte sie einfach, er wäre tot.

Nein! Das hatte sie nicht denken wollen. Das war eine Sünde! Aber irgendwie kam es ihr in letzter Zeit immer öfter in den Sinn.

Sie merkte, dass sie nahe bei St. Jude's war, der Gemeindekirche. Sie würde hineingehen und beten. Dies war der einzige Ort, an dem sie jemals Trost fand.

Zu Hause wurde sie längst erwartet. Na und, sollten sie warten. Sie konnte als Entschuldigung benutzen, dass

sie mal eben in die Kirche geschaut hatte. Das konnten sie ihr nicht vorwerfen.
St. Jude's also. Sie schaute die Straße entlang in beide Richtungen. Die Straße war voll mit Leuten, die zum Einkaufen gingen oder vom Einkaufen kamen. Keiner sah zu ihr her und doch ... Einen Augenblick blieb sie reglos stehen.
Warum hatte sie immer das Gefühl, dass sie jemand beobachtete?

Zweites Kapitel

In der Kirche war es kühl und still. Der Verkehr, der draußen vorbeirollte, hätte tausend Meilen entfernt sein können.
Maxine entzündete eine Kerze und steckte sie in einen freien Halter. Sie schaute zu der Statue auf, die über ihr stand. Der heilige Antonius. Er sollte verlorene Dinge wieder finden, aber sie hatte zu ihm gebetet, seit ihr Bruder verschwunden war, und er hatte Derek auch nicht gefunden.
Sein Blick erschien ihr vorwurfsvoll. Vielleicht hatte sie nicht intensiv genug gebetet? Vielleicht . . . wusste er, dass sie Derek nicht wiederhaben wollte? Dass sie sich wünschte, die Erinnerung an ihn möge für immer aus ihrem Leben verschwinden. Sich auflösen.
Oh nein! Warum dachte sie solche schrecklichen Dinge? Sie war gekommen, weil sie um Vergebung bitten wollte, und nun sündigte sie schon wieder.
»Hallo, Maxine. Kann ich dir helfen?«
Maxine drehte sich mit schuldbewusster Miene um, als wäre sie beim Diebstahl aus der Almosenbüchse erwischt worden. Pater Matthew stand vor ihr. Er war jung,

rothaarig und sommersprossig und Maxine schien es immer, als grinse er unentwegt. Jetzt lächelte er. »Wolltest du irgendetwas?«

Blöde Frage, dachte sie. Was glaubte er, warum sie hier war? Um die wöchentlichen Einkäufe zu erledigen?

»Ich wollte gerade gehen.«

Sie stand auf. Pater Matthew rührte sich nicht vom Fleck. Maxine hatte das Gefühl, dass er ihr den Weg versperrte. »Du kommst ziemlich oft hierher . . . unter der Woche.«

Was natürlich hieß, dass sie nicht sonntags da war, wie sie eigentlich sollte. Maxine versicherte ihren Eltern immer, sie werde in eine spätere Messe gehen, und verbrachte dann ihren Sonntagmorgen mit Mighty Zola.

Wusste Pater Matthew das? Sie hatte das Gefühl, dass er *irgendwas* wusste.

»Muss jetzt los.« Sie drängelte sich an ihm vorbei. »Meine Mutter macht sich Sorgen, wenn ich zu spät komme.«

Bestimmt würde selbst er nicht so dämlich sein, dass er das nicht verstand. Und tatsächlich errötete er und trat zur Seite. »Natürlich. Entschuldigung.«

Ihre Schuhe klapperten auf dem gefliesten Kirchenboden, während sie nach draußen rannte. Als sie die Tür erreichte, blieb sie noch einmal stehen, um sich von ihm zu verabschieden. Da war er, ein Schattenriss vor dem bunten Glasfenster, und seine roten Haare leuchteten im Licht der Spätnachmittagssonne. Fast sah er selbst wie ein Heiliger aus.

Bis auf seine Augen. Damit beobachtete er Maxine auf eine seltsame Weise. Genau wie ihre Eltern es gelegentlich taten. Versuchte er sie zu verstehen? Oder durchschaute er sie und konnte sie als das sehen, was sie war: eine Sünderin?

Ihr Vater wartete auf sie in der Diele, als sie nach Hause kam. »Wo warst du?«, fragte er grimmig.

Sie setzte ihre frömmste Miene auf. »Ich war in der Kirche.«

Sein Gesicht zeigte einen kurzen Anflug von Schmerz. »Du kleine Lügnerin«, sagte er mit zusammengebissenen Zähnen.

Das tat weh. Sie schrie ihn an: »Es ist aber wahr! Frag Pater Matthew!«

»Du bist also dorthin gegangen . . . nach der Schule?« Während er sprach, stieß er die Tür zum Wohnzimmer auf.

»Ja, ich . . .« Oh-oh. Das Erste, was sie sah, noch vor dem tränenüberströmten Gesicht ihrer Mutter, war ihre Klassenlehrerin Miss Ross.

Sie wussten Bescheid.

Miss Ross stand auf. In der Schule nannte man sie »das Lächeln«. Sie sah immer so fröhlich aus mit ihren kurz geschnittenen, pfiffig frisierten Haaren, die jedes Mal aufzuleuchten schienen, wenn sie lachte. Jetzt allerdings lachte sie nicht. Sie war verärgert. Verärgert über Maxine.

»Hast du wirklich geglaubt, du würdest damit durch-

kommen, Maxine?«, fragte sie. Ihre Stimme klang kalt. So war sie normalerweise nicht. Normalerweise konnte Maxine mit Miss Ross reden. Sie verstand Maxines Gefühle. Zumindest versuchte sie es. »Du hast mir versprochen, dass du jeden Tag in die Schule kommst.«
Die Augen ihrer Mutter füllten sich mit Tränen. »Mir hast du es auch versprochen!«
Sie wollte Mum nicht wehtun. In diesem Augenblick wollte sie am liebsten zu ihr hinlaufen. Um ein Haar hätte sie es sogar getan.
»Weißt du, was wir dachten, als du nicht nach Hause kamst?« Die Stimme ihres Vaters war zornig. »Weißt du, was deine Mutter dachte?«
Mum sank auf einem Stuhl in sich zusammen, das Gesicht in den Händen vergraben.
»Da siehst du, was du angerichtet hast!« Ihr Vater setzte sich zu Mum und legte tröstend die Arme um sie.

Mum schaute zu Maxine hoch und unterdrückte ein Schluchzen. »Es war genau wie bei Derek. Ist dir das nicht klar, Maxine? Wir dachten, du wärst zur Schule gegangen, und dann fanden wir heraus, dass das gar nicht stimmte. Genau wie . . . wie . . .«
Wie bei Derek. Warum musste immer alles auf Derek hinauslaufen? Jede Unterhaltung, sämtliche Gedanken drehten sich nach kurzer Zeit um ihn. Egal, was Maxine tat, um die Aufmerksamkeit der anderen zu gewinnen, das Gespräch landete immer wieder bei Derek.

Maxine hätte ebenso gut nicht existieren können.
»Wo warst du?«, fragte ihr Vater.
Maxine zuckte nur mit den Schultern.
»Das muss aufhören!«
Sie sah ihn herausfordernd an. Das sollte sie nicht tun, sie wusste es. Früher hätte sie sich nicht getraut, hätte es gar nicht gewollt. Aber was spielte das jetzt für eine Rolle? Was spielte es für eine Rolle, was sie tat? Ihre Eltern liebten sie nicht. Sie liebten Derek. So würde es immer sein.

Drittes Kapitel

»Alles in Ordnung?«, fragte Miss Ross.

Maxine war wie üblich zur Strafe auf ihr Zimmer geschickt worden. Miss Ross klopfte leise an die Tür und entdeckte Maxine, die mit kerzengeradem Rücken auf dem Fensterbrett saß und nach draußen starrte.

Was hatte sie vorzufinden erwartet? Maxine mit dem Gesicht im Bett vergraben, in Tränen aufgelöst? Da kannte sie Maxine Moody schlecht!

Maxine antwortete nicht auf die Frage und Miss Ross verstand ihr Schweigen als Anklage. »Ich habe dich nicht verraten«, sagte sie schnell. »Ich musste deinen Eltern sagen, dass du nicht in der Schule warst. Sie machen sich Sorgen um dich.«

Maxine zuckte mit den Schultern. »Mir egal.«

Miss Ross setzte sich neben sie aufs Fensterbrett. »Du machst die Sache kein bisschen besser, wenn du dich so verhältst. Du verletzt deine Eltern. Du verletzt dich selbst.«

Maxine zuckte noch einmal mit den Schultern.

»Sie haben Angst, dass mit dir das Gleiche passieren könnte.«

Manchmal konnte sie mit Miss Ross reden. Ihr Kleinigkeiten erzählen. Miss Ross hatte Derek nie kennen gelernt. Sie war erst an die Schule gekommen, nachdem Derek verschwunden war, darum gehörte sie nicht zu den Lehrern, die sagten, Maxine sei keine so gute Schülerin wie ihr Bruder oder sie mache fast genauso viele Probleme wie er zuletzt. Miss Ross kannte nur Maxine und schien sie zu mögen.

»Die hoffen immer noch, dass er zurückkommt«, sagte Maxine.

»Das ist doch normal. Und vielleicht wird es ja so sein.«

Der Gedanke erschreckte Maxine. Derek wieder da? Sie konnte ihn sich gar nicht mehr vorstellen. Seine Gesichtszüge waren verschwommen, obwohl Fotos von ihm über das ganze Haus verteilt waren.

Derek wieder da? Sie wusste, dass sie das nicht wollte. Sie wollte, dass er aus ihrem Leben gelöscht wurde, aus ihrer aller Leben, für immer. So, wie man eine Datei im Computer oder eine Nachricht auf dem Anrufbeantworter löscht. Wenn es nur genauso einfach gewesen wäre, Derek loszuwerden.

Sie wollte, dass er nie mehr zurückkam.

Wenn er zurückkäme ... dann wäre für sie überhaupt kein Raum mehr da. Sie würde beiseite geschoben, vollständig vergessen werden. Nein. Derek konnte nicht zurückkommen. Warum konnte er nicht einfach *tot* sein?

Der Gedanke ließ ihr den Atem stocken. Miss Ross warf ihr einen Blick zu.

»Was ist los, Maxine?« Sie wartete auf eine Antwort. Sie

wollte immer, dass Maxine ihr mehr erzählte, sich ihr anvertraute. »Beichten ist gut für die Seele«, sagte sie gelegentlich, wie Pater Matthew. Aber wie konnte Maxine ihr erzählen, was sie gerade gedacht hatte? Wie konnte sie das irgendjemand erzählen? Sie war ein Ungeheuer. Plötzlich wollte sie, dass Miss Ross ging. Sie wollte allein sein, weinen oder laut schreien können, egal wonach ihr war.

Miss Ross spürte ihren inneren Rückzug und stand auf. »Ich bin auf deiner Seite, Maxine. Bitte denk daran. Ich muss es vielleicht deinen Eltern berichten, wenn du nicht zur Schule kommst, aber ich bin deine Freundin. Bitte, glaub mir das.«

Maxine lächelte. Ihre Freundin. Im Lauf des vergangenen Jahres hatte sie alle Freundinnen verloren. Deren anfängliches Mitgefühl hatte sich in Unbehagen über ihr Auftreten verwandelt. Sie war froh über Miss Ross. Seit sie an der Schule war, hatte sie als Einzige versucht Maxine zu verstehen. Maxine konnte es nicht riskieren, auch sie zu verlieren. »Danke, Miss Ross. Ich bin Ihnen dankbar. Ehrlich.«

Miss Ross berührte sachte ihr Haar. »Ich bin immer für dich da, wenn du mit jemandem reden willst.«

»Ich werd mir mehr Mühe geben«, versprach Maxine.

Im Laufe der nächsten paar Wochen tat sie das wirklich. Sie versäumte nicht einen Schultag. Sämtliche Lehrer hatten sowieso Anweisung, es zu melden, falls sie wegblieb. Sie versuchte sich nichts daraus zu machen, wenn ihre Eltern die Türen vor ihr verschlossen, um ihren Kummer ohne sie miteinander zu teilen. Sie versuchte eine Mustertochter zu sein. Aber wussten sie es zu schätzen? Kaum. Ihrer Mutter schien es egal zu sein und ihr Vater lauerte nur darauf, wann sie das nächste Mal aus der Rolle fiel.

Und die Schule machte sowieso keinen Spaß. Sweeney aus der Zehnten trieb seine Spielchen – er war der bösartigste Junge, der Maxine je begegnet war. Jeder in der Schule hatte entweder Angst vor ihm oder war klug genug ihm aus dem Weg zu gehen. Es war ratsam, Sweeney nicht unter die Augen zu geraten, denn sonst könnte es ihm einfallen, einem das Leben zur Hölle zu machen.

Derzeit konzentrierte sich Sweeneys Aufmerksamkeit auf einen Jungen aus Maxines Klasse, Paul Wilson. Er war vor einigen Monaten von Sweeney dem Furchtbaren als neues Opfer auserkoren worden.

Davor war es Derek gewesen. Anfangs, als Derek neu auf die Highschool kam, hatte er sich so darauf gefreut. Dann war Sweeney in sein Leben getreten und alles hatte sich geändert. Sweeney mit seiner Gemeinheit und Grausamkeit. Maxine konnte sich noch an jene Zeit erinnern und daran, wie schlimm es gewesen war. Derek, der nach Hause gerannt kam mit ekelhafter Spucke überall im Gesicht und in den Haaren. Derek mit Hundescheiße im Rucksack, alle Schulbücher beschmiert. Derek voller blauer Flecken und blutend, nachdem er von Sweeney und seiner Bande gejagt und erwischt worden war. Mum und Dad verbrachten ungefähr die Hälfte ihrer Zeit mit Beschwerden beim Direktor. Aber nützte es ihnen auch nur im Geringsten? Ach was. Sweeney kam immer glimpflich davon. »Ein armer Kerl aus schwierigen sozialen Verhältnissen. Wir müssen Verständnis für ihn aufbringen«, sagte der Direktor jedes Mal. Und Sweeney bekam für ein paar Tage Unterrichtsverweis, aber danach war er wieder da und machte mit einer Racheaktion Derek das Leben noch unerträglicher. Das eigentliche Problem lag darin, dass Sweeneys Familie genauso schlimm war wie er. Sie hatten selbst ständig Ärger am Hals und meinten, ein »Mann« zu sein sei gleichbedeutend damit, anderen wehzutun, sie zu demütigen und leiden zu lassen.

»Wehr dich!«, sagte Dad zu Derek. Aber wie soll man sich alleine gegen jemand wehren, der ständig mindestens sechs Leute um sich hat, die ihn unterstützen? Sweeney war kein fairer Gegner. Er ließ seine Opfer gerne festhalten, während er auf sie eindrosch. Irgendwann hatte Derek dann zurückgeschlagen. Allerdings nicht gegen Sweeney. Stattdessen schlug er sich mit so ziemlich jedem anderen in der Schule. Seither gab es Probleme mit ihm.

»Aha«, sagte Dad. »Jetzt bist also du der Krawallmacher.«

Und Derek fauchte zurück: »Die werden ja anscheinend besser behandelt. Warum nicht!«

Die Schwierigkeiten häuften sich, bis Derek schließlich von zu Hause weglief. Und alles hatte mit Sweeney an-

gefangen. Maxine hasste ihn. Genau wie alle in der Schule. Aber es wurde nie etwas gegen ihn unternommen. Und jetzt schauten alle hilflos zu, wie Sweeney Paul Wilson fertig machte.
Wir *müssen* doch etwas tun können!, dachte Maxine, als sie eines Tages sah, wie Sweeney Paul zwang ihm alles Geld zu geben, das er in der Tasche hatte. Selbst das befriedigte Sweeney noch nicht. Er wolle es ersetzen, sagte er, damit keiner ihn des Diebstahls bezichtigen könne, und dann wurden Maxine und die halbe Schule voller Abscheu Zeuge, wie er Schleim sammelte und ihn in Pauls offene Tasche hineinspuckte.
Sweeney lachte dröhnend. »Und ich hab noch viel mehr davon, Pauliboy. Mein Vorrat ist unbegrenzt!«
Paul stand nur da, gedemütigt, mit rotem Gesicht und hilflos. Was hatte es für einen Sinn, zu einem Lehrer zu gehen? Welche Strafe würde Sweeney bekommen, falls er überhaupt eine bekam? Einen Verweis oder ein paar Tage Ausschluss vom Unterricht. Und danach war er zurück. Und Paul wusste, was das hieß. Darum stand er mit hängendem Kopf da und unternahm nichts.
Als Sweeney an ihr vorbeiging, konnte Maxine ihren Mund nicht halten. »Du bist ein echter Widerling!«
»Ach, hört euch das an, Jungs!« Er winkte seine Kumpels heran. »Maxine Moody reißt den Mund auf. Und zwar zu weit, wenn ihr mich fragt.«
»Eines Tages wird dir das Leid tun, Sweeney. Irgendjemand wird sich mal an dir rächen.«

Er stand vor ihr, groß, breit, den Mund wie immer zu einem verächtlichen Grinsen verzogen.
»Na, das wird doch nicht etwa dein Bruder sein, der alte Schwächling, oder?«
Wiehernd zog er ab und Maxine rief zornentbrannt hinter ihm her: »Eines Tages kommt er wieder ... und dann bist du dran!«
Das brachte ihn erst recht zum Lachen. Maxine war drauf und dran, hinter ihm herzurennen, egal wie viele seiner so genannten Freunde bei ihm waren. Hinterherzurennen, ihn zu treten und ... Plötzlich packte sie jemand an der Jacke und hielt sie zurück.
»Du reißt wahrhaftig den Mund weit auf!« Es war Cam, der ungläubig den Kopf schüttelte. »Willst du, dass er dich als Nächste aufs Korn nimmt?«
»Ich bin bloß ein Mädchen. Es lohnt sich doch gar nicht, sich mit mir abzugeben.«
»Es gibt immer ein erstes Mal«, warnte Cam. »Warum bist du so wütend?«
»Weil ich Sweeney hasse! Ich hasse diese Schule! Ich hasse mein Leben!« Und sie riss sich von ihm los und rannte davon.
Ja, sie hasste ihr Leben. Egal was sie tat, es war immer falsch.
»Es geschehen noch Zeichen und Wunder«, sagte ihr Vater morgens beim Frühstück. »Drei Wochen Schule und keinen Tag gefehlt. Womit haben wir das verdient?«
Er war im Begriff, Mum zu ihrer Arbeitsstelle in einem

ortsansässigen Anwaltsbüro zu bringen. »Lass doch, Jim«, sagte Mum. »Lass es einfach gut sein.«
Sie wollte noch nicht einmal darüber reden.
Maxine sah, wie sie aufstand und das Frühstücksgeschirr zum Spülbecken trug.
Dad stand bereits an der Wohnungstür. »Sieh zu, dass du auch heute zur Schule gehst. Warum die schöne Gewohnheit von drei Wochen aufgeben?«
Mum winkte Maxine flüchtig zu, als sie ging, eine winzige Bewegung mit der Hand. Kaum der Mühe wert eigentlich.
Ihre wahre Aufmerksamkeit, ihr wahres Abschiednehmen galt der Fotografie auf dem Dielentischchen. Derek an seinem dreizehnten Geburtstag, nur wenige Wochen vor seinem Verschwinden. Maxine konnte sich gut an den Tag erinnern. Dieses eine Mal war ihr unfreundlicher, launischer Bruder fröhlich gewesen. Sie hatte auf ein Geschenk für ihn gespart. Eine lange Goldkette mit einem Medaillon des heiligen Christophorus daran. Sie hatte sogar seinen Namen auf der Rückseite eingravieren lassen: DEREK MOODY. Und wie sauer war sie gewesen, als es ihm peinlich schien, das Medaillon zu tragen.
»Oh nein, Maxine! Ein Heiligenmedaillon!«
Aber seit jenem Tag hatte er es nie mehr abgelegt.
Er lachte, als das Foto aufgenommen wurde, sein Gesicht war voll übermütiger Ausgelassenheit. Früher einmal war er immer so gewesen. Dann war er herangewachsen, auf die Highschool gegangen, hatte dort die

falschen Leute getroffen und alles hatte sich geändert. Aber sein Gesicht auf dem Foto sah nicht aus, als verberge er irgendwelche Probleme. Mums Augen blieben mit den gleichen Erinnerungen daran haften. Ihre Mundwinkel verzogen sich nach oben und deuteten ein schwaches Lächeln an.

Mich lächelt sie nie so an, dachte Maxine.

Dann küsste Mum ihre Fingerspitzen und legte sie liebevoll auf das Fotoglas.

Ein Kloß bildete sich in Maxines Hals, als sie die Szene beobachtete. Mum wiederholte dieses Ritual Morgen für Morgen und es lag mehr Zuneigung in der schlichten Geste, als sie Maxine gegenüber seit langem gezeigt hatte. Mum machte sich nicht einmal die Mühe, noch einmal zurückzuschauen, als sie aus der Tür trat.

Wozu sollte Maxine sich ins Zeug legen, wenn ihren Eltern im Grunde egal war, was sie tat? Oder wohin sie ging? Wenn sie – vor allem ihre Mutter – wünschten, es wäre nicht Derek gewesen, der verschwunden war. Wenn sie wünschten, es wäre Maxine gewesen.

Schön, sie würde sich nicht länger bemühen. Es war schon lange her, seit sie Mighty Zola das letzte Mal herausgefordert hatte.

Heute würden sie den Kampf wieder aufnehmen!

Viertes Kapitel

Warum hatte sie immer den Eindruck, beobachtet zu werden? Schuldgefühle, sagte sie zu sich selbst, als sie durch die Seitenstraßen zu Simmys Laden lief. Einmal blieb sie stehen und schaute sich um. Auf der Straße waren Leute unterwegs, an einer weit entfernten Bushaltestelle stand eine Warteschlange . . . in einem Garten stritt sich ein Mann mit einem Gartenzwerg. Niemand schien auch nur ansatzweise Interesse an ihr zu haben. Und dennoch . . . Sie schüttelte sich und unterzog jeden Einzelnen noch einmal einer genauen Prüfung. *Irgendwer* beobachtete sie. Das Gefühl war zu stark.

»Länger nicht gesehen.« Taft, Simmys Sohn, war so fett wie sein Vater, seine schwabbelige Wampe wurde von einem fleckenübersäten Overall bedeckt. »Ausgehverbot gehabt?«

Maxine antwortete nicht. Stattdessen deutete sie auf einen bestimmten Flecken auf seinem Overall. »Hat die Tomatensuppe gestern Abend geschmeckt?« Sie grinste. »Oder war's irgendwas mit Bolognese-Soße?«

Er sah ihr mit verwirrter Miene nach, während sie zu

Mighty Zola rannte. Er würde den Rest des Tages brauchen, um herauszukriegen, wie sie das gemeint hatte.
Mighty Zola war nicht allein. Er kämpfte bereits den finalen Kampf mit einem tödlichen Gegner. Und verlor! Maxine war als Champion von einem anderen Spieler abgelöst worden.
Sie erstarrte, als sie sah, wer sie da übertrumpft hatte und just im Moment die Gesamtpunktzahl auf seinen Namen nochmals toppte.
Cam.
»Was machst du denn hier?«, brauste sie auf. Es klang, als hätte er keinerlei Recht darauf, hier zu sein. Und das hatte er auch nicht, entschied sie. »Solltest du nicht in der Schule sein?«
Er unterbrach seine Schlacht mit Zola nicht. Seine Augen blickten nur für eine Sekunde in ihre Richtung. »Die gleiche Frage könnte ich dir stellen.«
»Ich hab Unterrichtsbefreiung, wenn du's genau wissen willst.«
Er hob eine Augenbraue, verlor aber in keinem Augenblick die Kontrolle über sein Spiel. »Für was? Für gutes Benehmen?«
»Also sag, was suchst du hier? Ich hab dich noch nie bei Simmy gesehen.« Es war kein typischer Aufenthaltsort für Cam.
»Ich bin auch vom Unterricht befreit«, sagte er und landete weitere zwanzig Punkte. »Zum Lernen.«
»Na bitte, warum lernst du dann nicht?«

»Brauche ich nicht. Ich bin superschlau. Wusstest du das nicht?«
Das sollte wohl witzig sein.
»Du glaubst wohl, du bist was Besonderes. Superschlau. Ha!«
Aber es stimmte ja. Und obendrein war er phantastisch gut in diesem Spiel. Sie sah beeindruckt zu, wie sich seine Punkte anhäuften. Noch nie hatte sie jemand mit solcher Reaktionsschnelligkeit gesehen. Ihre Laune sank, als sie begriff, dass sie deswegen eifersüchtig war. Eifersüchtig auf Cam? Wie deprimierend!
»Ich werde später mal Pilot«, sagte er, als wollte er damit sein spielerisches Können erklären.
»Oh, das wird super«, sagte Maxine. Sie überlegte sich ihre Worte genau. »Da wirst du viel schneller ausliefern können. Nur hast du statt Essen zum Mitnehmen ... Leute zum Mitnehmen.« Sie fing an zu kichern.
Ihr alberner Witz hatte gesessen. Cam verpasste einen wichtigen Schuss und Mighty Zola erschien triumphierend auf dem Bildschirm. Maxine fühlte sich plötzlich mies. Was für eine scheußliche, unfreundliche Bemerkung! Sie wollte sich entschuldigen, fand aber nicht die richtigen Worte.
Cam wandte sich ihr zu. »Lieber Himmel, das hätte auch von deinem Bruder sein können. Er ist gar nicht verschwunden. Du machst einfach da weiter, wo er aufgehört hat.«
Ihr Bedauern verschwand schlagartig. Bei ihm entschul-

digen? Er konnte allemal so gemein sein wie sie. Sie hasste ihn! Sie hasste sie alle! Er marschierte vom Computer weg und sie rief hinter ihm her: »Hau doch ab nach Hongkong, wo du hingehörst!«

Diese Bemerkung machte ihm nicht das Geringste aus. Er drehte sich noch einmal kurz zu ihr um und schüttelte den Kopf. »Red keinen Quatsch, Maxine. Ich bin zwei Straßen von dir entfernt geboren.«

Und damit zog er pfeifend ab. Er hatte gewonnen. Nicht nur gegen Mighty Zola, sondern auch gegen Maxine.

Danach wurde der Tag nicht besser. Sie konnte Cams Punktzahl nicht schlagen, sosehr sie sich bemühte. Es fiel ihr schwer, sich zu konzentrieren, und ihr Ärger nahm ständig zu. Sie aß einen Hotdog zu Mittag und stand zusammen mit all den anderen Schulschwänzern hinter den ausrangierten städtischen Baucontainern. Dann verbrachte sie den Nachmittag auf einer quietschenden, alten Schaukel auf einem Spielplatz.

Dort fand Pater Matthew sie. »Maxine Moody? Dachte ich's mir doch, dass du das bist.«

Sie fiel fast von der Schaukel, als sie seine Stimme hörte.

»Bist du auf dem Nachhauseweg von der Schule?«

Erleichtert stellte sie fest, dass gerade Schulschlusszeit war. Sie nickte stumm.

Er schaute sich auf dem leeren Spielplatz um. »Kommst du zum Nachdenken hierher?« Er wartete ihre Antwort nicht ab. »Du kommst manchmal aus dem gleichen

Grund in die Kirche. Letztes Mal habe ich dich dabei gestört. Das tut mir Leid. Es war nicht meine Absicht.« Er wartete. Er wollte, dass Maxine mit ihm sprach. Ihn ins Vertrauen zog.

»Ich muss gehen.« Maxine war bereits wieder auf den Füßen und unterwegs. »Mum und Dad machen sich Sorgen, wenn ich zu spät komme.« Immer die gleiche, schwache Entschuldigung.

Er rief hinter ihr her: »Maxine, wenn du irgendwann reden willst – dafür bin ich da. Vergiss das nicht, ja?«

Na klar, dachte sie, als sie vom Spielplatz weglief. Jeder wollte, dass sie redete. Das Dumme war nur, dass keiner jemals zuhören wollte.

Um ein Haar wäre sie nicht nach Hause zurückgegangen. Als sie um die Ecke zu ihrer Straße bog, sah sie ein Polizeiauto vor ihrem Haus stehen.

Sie wussten Bescheid!

Miss Ross oder sonst jemand von den Lehrern (sie waren doch alle gleich!) hatte sie wieder angeschwärzt. Diesmal hatten ihre Eltern die Schnauze voll von ihr. Sie schickten sie weg. Ihr Vater hatte einmal in einem Wutanfall zu ihr gesagt, dass er sie »beim nächsten Mal« in ein Heim stecken würde. Sie sei »der elterlichen Kontrolle entglitten«. Seitdem hatte es viele »nächste Male« gegeben. Vielleicht war das heute der letzte Tropfen gewesen, der das Fass zum Überlaufen brachte.

Sie richtete sich zu voller Größe auf und straffte die Schultern. Na schön, jetzt löffelst du die Suppe eben aus, sagte sie zu sich selbst. Vielleicht interessiert sich ja im Heim jemand dafür, was mit dir los ist.

In Wahrheit war es ihren Eltern doch egal, ob sie in der Schule gewesen war oder nicht. Sie hatten Wichtigeres – jemand Wichtigeren – im Kopf.

Derek.

Als sie die Tür öffnete, kam Dad ihr entgegen.

»Du wirst ein paar Tage bei Mrs Templeton bleiben, Maxine«, sagte er. Praktisch, so eine Nachbarin, wenn man eine lästige Tochter loswerden wollte.

Sie schaute an Dad vorbei nach hinten ins Wohnzimmer, wo ihre Mutter im Sessel saß. Sie weinte und wurde von einer Polizistin, die vor ihr kniete, getröstet.

»Wieso?«, fragte Maxine. »Wo geht ihr hin? Was ist passiert?«

Warum können wir nicht alle drei zusammen gehen?, wollte sie fragen. Miteinander teilen, egal was es ist.

»Deine Mutter und ich fahren nach London.« Plötzlich fasste er Maxine an den Schultern und beugte sich zu ihr herab. In seinen Augen, die wie Maxines dunkel mit grünen Einsprengseln waren, standen Tränen. Er versuchte sie zurückzuhalten. »Wir müssen jetzt sehr stark sein, Maxine. Ich will es dir sagen. Die Polizei hat eine Leiche gefunden.«

An dieser Stelle kippte seine Stimme und er musste die letzten Worte wiederholen. » . . . eine Leiche gefunden. Sie meinen, es könnte Derek sein. Sie halten es für wahrscheinlich. Ich muss hin und ihn . . . identifizieren . . .« Seine Stimme kippte erneut. Jetzt liefen die Tränen doch und er musste schlucken, um weiterreden zu können. »Ich möchte einfach, dass du dich darauf gefasst machst: Wir glauben, dass Derek tot ist.«

Fünftes Kapitel

Lag dieser schreckliche Tag wahrhaftig schon zwei Monate zurück? Zwei Monate, in denen sie nichts als Schuld und Schmerz und Reue empfunden hatte. Sie hatte sich gewünscht, ihr Bruder wäre tot, und plötzlich war er es. In jenen Wochen verbrachte sie viel Zeit in der Kirche und entzündete so viele Kerzen, dass sie damit die ganze Stadt hätte erleuchten können.

Pater Matthew kam oft zu ihr. Sie wusste, dass er ihr tröstende Worte anbieten wollte, ihr die Möglichkeit geben wollte, ihm ihr Herz auszuschütten. Sie brauchte jetzt mehr denn je jemand zum Reden. Aber nicht ihn.

Keinen Priester.

Einen Priester konnte sie nicht belügen. Und da war ein Gefühl in ihrem Inneren, schlimmer als alles Schuldbewusstsein, alle Reue. Ein Gefühl, das sie niemand je würde eingestehen können.

Erleichterung.

Maxine versuchte sie nicht zu fühlen. Versuchte, sie jedes Mal in die Tiefen ihres Bewusstseins zurückzudrängen, wenn sie auftauchte. Aber sie blieb nie lange unten,

wie ein Korken, der immer wieder zur Wasseroberfläche hochschießt.
Erleichterung.
Derek war tot. Vielleicht hatten die Eltern jetzt Zeit für Maxine. Vielleicht wurde Derek jetzt zurück in die Vergangenheit verwiesen – dorthin, wo er hingehörte! Sie würden begreifen, dass Maxine da war. Lebendig. Bei ihnen.
In den Wochen nach der Beerdigung gab sie sich unglaubliche Mühe, lieb zu sein. Eine brave Tochter, die ihre trauernde Mutter tröstet.
Und wie sie trauerte. Hatte sie bei Dereks Verschwinden geweint, so schluchzte sie jetzt bitterlich. Die Beerdigung selbst war ein Alptraum gewesen, eine Tortur, die Maxine einfach nur vergessen wollte. Ihre Mutter, dem Zusammenbruch nahe; ihr Vater, der sie tränenüberströmt aus der Kirche führen musste.
»Steht Mum das durch, Dad?«, hatte sie ihn gefragt.
Auch er hatte geweint. Stumm. Tränen liefen ihm übers Gesicht, während er für sie das Abendessen vorbereitete oder während er dasaß und so tat, als läse er die Abendzeitung.
»Natürlich«, hatte er Maxine versichert und sie an sich gezogen. Es war schon sehr lange her, seit er sie das letzte Mal so im Arm gehalten hatte, und Maxines Erleichterung drang wieder bis an die Oberfläche.
Derek war tot. Und sie war froh darum!
»Wir müssen sie weinen lassen«, sagte Dad. »Es ist

wichtig zu trauern, Maxine. Die Beerdigung war für Mum der Zeitpunkt, an dem sie anfangen konnte Derek ruhen zu lassen. Die Türe hinter ihm zu schließen. Er wird natürlich nie fern von uns sein, aber jetzt ist er in einem anderen Raum. Deine Mutter wird das letztendlich akzeptieren und dann werden wir alle bald wieder zu leben beginnen.«

Sie würden bald wieder zu leben beginnen. Maxine hatte sich noch nie so glücklich gefühlt wie in jener Nacht und zugleich so schuldig.

Sie war ein schlechter Mensch. Es gab keine andere Bezeichnung für jemand, der so empfinden konnte. Doch als sie Dads Arme um sich spürte, ihn sagen hörte, dass sie »wieder zu leben beginnen« würden, war ihr alles andere egal.

Sie schrieb Dads Worte sogar auf und verwahrte den Zettel unter ihrem Kopfkissen.

Aber *wann* würden sie wieder zu leben beginnen?

Die Wochen schleppten sich dahin und nichts änderte sich. Wenn überhaupt, wurde alles nur schlimmer.

»Du musst deiner Mutter Zeit lassen«, sagte Miss Ross zu Maxine. »Der Tod ist etwas, was schwer zu akzeptieren ist.«

»Aber mein Vater hat gesagt ...« Sie brauchte nicht weiterzureden. Sie hatte es Miss Ross schon so oft erzählt, dass sie wusste, was sie antworten würde.

»Denk daran, wie hart es für ihn sein muss. Ihr alle habt darum gebetet, dass Derek zurückkommt.«

Maxine wandte sich ab, denn sie war überzeugt, dass ihr Gesicht das Gegenteil verraten würde.
»Und plötzlich«, fuhr Miss Ross fort, »stellt sich heraus, dass Derek schon seit Monaten tot ist.«
Das hatte den Eltern sehr zugesetzt. Maxine wusste es. In all den Wochen und Monaten, während derer sie gehofft hatten, er würde wieder zur Tür hereinkommen, war er bereits tot gewesen. Hatte in all diesen Monaten in einem ausgebrannten Gebäude gelegen, das von Hausbesetzern und Obdachlosen genutzt wurde.
»Gib ihnen Zeit, Maxine.«
Doch es schien, als sei alle Zeit der Welt nicht genug für ihre Mutter.

Eines Tages, als Maxine von der Schule kam, herrschte im Haus eifrige Geschäftigkeit. Mum brachte gerade die Möbel im Vorderzimmer auf Hochglanz, Dad ordnete Stühle um einen Tisch an. Sein Gesicht war abgespannt und er sah Maxine mit traurigen Augen entgegen.
»Bekommen wir Besuch?«, fragte sie.
Einen Moment lang erwachten Hoffnungen in ihr. Zurzeit hatten sie nie Besuch. Besuch wäre gleichbedeutend mit einer Rückkehr zum normalen Leben gewesen. Dorthin, wo sie früher einmal waren. »Ja, Mum? Bekommen wir Besuch?«
Das Gesicht ihrer Mutter war gerötet. Ihre Augen leuchteten. Maxine hatte sie schon ewig nicht mehr so gesehen. Und doch schien es irgendwie nicht normal.

»Niemand, der dich interessieren wird, Maxine. Ich finde, du könntest dich eigentlich heute Abend mit deinen Freundinnen treffen.«
Wollte Mum sie jetzt loswerden? Warum denn das?
»Wer kommt?«, bohrte sie nach.
Ihr Vater antwortete. »Wir werden eine Wahrsagerin bei uns haben, Maxine.«
Mum knallte die Möbelpolitur auf den Tisch. »Ich hab's dir schon einmal gesagt. Sie ist keine Wahrsagerin, sie ist ein Medium.« Sie wandte sich Maxine zu. »Ich werde eine Séance haben, Liebes.« Ihr Tonfall forderte Maxine geradezu zum Widerspruch heraus.
»Aber ... warum ...«
»Genau!«, fiel ihr Vater zornig ein. »Warum? Das Ganze ist eine Schnapsidee. Warum kannst du die Dinge nicht ruhen lassen, Gill?«
»Offenbar fällt mir das nicht so leicht wie dir.«
»Es hat doch keinen Sinn! Derek ist tot!«
Ihre Mutter hielt sich die Ohren zu. »Halt den Mund! Ich will das nicht von dir hören.«
Maxine zog sich zurück. Die Eltern hatten bereits wieder vergessen, dass sie da war. Derek war tot, aber die Erinnerung an ihn füllte noch immer beider Leben aus und ließ keinen Raum für sie.
Sie legte sich aufs Bett und horchte auf die Stimmen unten, die weiterstritten. Es würde sich nichts ändern. Es würde sich nie etwas ändern.
Sie musste wohl weggedämmert und in einen unruhigen

Schlaf geglitten sein. Sie träumte, dass sie draußen spielte und irgendwem hinterherrannte. Ihr Gelächter, ihr Gekicher verwandelten sich plötzlich in Zorn. Sie versetzte demjenigen, den sie verfolgte, einen kräftigen Stoß und er stürzte. Sie stürzten beide, und während sie wild mit den Armen ruderten, wurde das Gesicht des anderen ganz plötzlich deutlich. Derek! Wenn sie wach war, sah sie ihn nie vor sich und konnte sich auch nicht an seine Gesichtszüge erinnern. Doch hier im Alptraum erkannte sie ihn klar. Seine Augen blickten sie anklagend an, während er zu Boden fiel und die Hände nach ihr ausstreckte. Und sosehr sie sich bemühte, sie konnte sich nicht bewegen. Konnte nicht einen Finger rühren, um ihm zu helfen.

Sie fuhr hoch. Kleine Schweißperlen standen ihr auf der Stirn, ihr Gesicht war erhitzt. Dem Himmel sei Dank, dass sie aufgewacht war!

Das Telefon läutete. »Ich gehe dran«, rief sie nach unten.

Im Haus war es jetzt ruhig. Die Spätnachmittagssonne, die in kurzen Abständen hinter Wolken verschwand und wieder hervorkam, sandte Lichtstrahlen über den Treppenabsatz.

Sie nahm den Hörer am Nebenanschluss vor ihrem Zimmer ab. »Hallo?«

Sie wartete auf eine Antwort. Da war jemand. Sie konnte ihn atmen hören. Kurze, nervöse Atemzüge. »Hallo?«, sagte sie wieder.

»Maxie . . .?«
So hatte sie nie jemand genannt außer . . .
»Ja, hier ist Maxine. Wer ist am Apparat?«
Erneut entstand eine Pause und genau in dieser Sekunde trat die Sonne hinter einer Wolke hervor und das Licht verbreitete sich explosionsartig in der Diele. Maxine würde sich immer an diesen Moment erinnern.
»Maxie. Ich bin's . . . Derek.«

Sechstes Kapitel

Maxine knallte den Hörer auf. Sie begann zu zittern und konnte nicht mehr damit aufhören.

Träumte sie immer noch? Das war ihr erster Gedanke: dass sie immer noch auf dem Bett lag und einen Alptraum hatte. Jeden Augenblick würde sie wach werden. Sie musste. Sie starrte auf ihre zitternden Hände.

Nein. Es war kein Traum oder Alptraum. Sie stand tatsächlich auf dem oberen Treppenabsatz und Derek hatte sie gerade angerufen.

NEIN! NEIN! NEIN!

Das konnte nicht sein. Derek war tot.

»Ich bin's, Derek.« War das Dereks Stimme gewesen? Sie konnte sich nicht erinnern, wie seine Stimme geklungen hatte, aber sie war überzeugt, dass sie nie so tief gewesen war.

Und natürlich *konnte* es gar nicht Derek gewesen sein. Was dachte sie sich eigentlich?

Trotzdem . . . Derek hatte sie immer Maxie genannt; er war der Einzige gewesen, der das je getan hatte.

Irgendwer versuchte ihr einen Streich zu spielen. Wer

konnte so grausam sein? War überhaupt jemand dazu fähig?
Vielleicht hatte es gar keinen Anruf gegeben. Sie hatte sich alles eingebildet. Aber da stand sie, neben sich das Telefon, die flatternden Hände noch auf dem Hörer.
»Ich bin's, Derek . . .«
Es musste hunderte von Jungen namens Derek geben. Das war kein außergewöhnlicher Name. Der Anrufer war eben einer von ihnen. Ein falscher Anschluss. Ein anderer Derek.
»Maxie.« Er hatte sie Maxie genannt! Wie groß war die Chance, dass es noch einen Derek gab, dessen Schwester Maxie hieß?
Was ging hier vor sich? Wer war das gewesen?
Plötzlich begann das Telefon erneut zu läuten. Maxine hätte beinahe aufgeschrien. Er rief noch einmal an!
»Ich gehe dran, Maxine.«
Ihre Mutter tappte durch die Diele zu dem Telefon im Erdgeschoss.
Nein! Sie durfte das Gespräch nicht annehmen. Das war zu hart. Mum hatte genug durchgemacht.
Maxine schnappte sich den Hörer, hob ihn ab und rief gleichzeitig: »Hab's schon, Mum. Ich bin schon dran.«
Die Schritte hielten an. »Schön, Liebes. Wer ist es?«
Maxine hielt den Hörer weit von ihrem Ohr weg. Sie wollte diese Stimme nicht noch einmal hören. Wollte nicht mit ihr sprechen.
»Hallo? Hallo? Ist da jemand?«

Es war ihre Großmutter. Maxine ließ vor Begeisterung einen regelrechten Jubelschrei los. »Gran! Toll, von dir zu hören.«

»Meine Güte, du scheinst dich ja richtig über meine Stimme zu freuen. Hätte ich geahnt, dass ich so begrüßt werde, dann hätte ich schon früher angerufen.«

Ihre Großmutter war eine wunderbare Frau. Sie hatte einen komischen Job, in dem sie unter Einsatz von Flipcharts mit Geschäftsleuten »Motivationsgespäche« führte. Sie jettete ständig zu irgendwelchen fernen Orten. Hätte sie näher gewohnt oder wäre sie einmal länger an einem Ort geblieben, hätte Maxine es bestimmt geschafft, mit ihr zu reden, ihr Dinge zu erzählen. Ihre Großmutter war fit.

»Ich rufe gerade aus Sydney an. Ich wollte nur wissen, wie es deiner Mutter geht.«

»Wer ist das, Maxine?«, rief ihre Mutter.

»Du kannst sie selbst fragen, Gran.« Sie rief nach unten: »Es ist Gran!« Sie kicherte. »Sie ruft aus Sidney an.«

Bevor Mum den Hörer abnahm, sagte Gran sanft: »Kommst du denn klar, Liebes?«

Wäre ihre Mutter nicht in der Leitung gewesen, hätte Maxine ihr womöglich von dem Anruf berichtet. Grans gesunder Menschenverstand hätte alles auf Normalmaß reduziert. Aber jetzt war Mum dabei. Es war unmöglich, zu sprechen. »Mir geht's gut, Gran. Ehrlich. Hab dich lieb.«

»Ich dich auch, Schätzchen.«

Maxine legte auf. Ihre Hände zitterten nicht mehr. Grans vernünftige Stimme, die über die Leitung zu ihr gedrungen war, hatte jene andere Stimme Ewigkeiten entfernt erscheinen lassen. Irgendwie unwirklich. Sie wollte nicht darüber nachdenken.

»Ich wette, du hast deiner Mutter nichts vom Besuch dieser Wahrsagerin erzählt!«, sagte Dad scharf, als Mum schließlich das Telefonat beendet hatte. Mum errötete und Maxine wusste, dass er ins Schwarze getrofffen hatte.

»Nein. Natürlich hast du das nicht getan. Weil du genau weißt, was deine Mutter gesagt hätte. Voodoo-Heckmeck!«

»Du bist nicht damit einverstanden, Jim«, sagte Mum leise. »Aber du hast versprochen, du würdest dich nicht einmischen. Du hast es versprochen.«

Der Zorn wich aus seiner Miene; sein Gesicht war wieder von Zärtlichkeit erfüllt. Er berührte die Hand seiner Frau. »Du weißt, dass ich mein Wort halte. Ich möchte zwar nicht, dass du das machst.« Er seufzte. »Aber ich werde dir beistehen.«

Mum hob Dads Hand und legte sie an ihre Wange. Und Maxine, die die beiden von der Diele aus beobachtete, konnte sich nicht erinnern, wann sie zum letzten Mal eine solch liebevolle Geste ihrer Mutter gegenüber Dad gesehen hatte.

Die Wahrsagerin – das Medium – sah nicht im Geringsten so aus, wie Maxine erwartet hatte. Sie platzte fast aus dem geblümten Kleid, das sie trug und das im Übrigen viel zu kurz war. Offensichtlich hatte sie soeben ihre abendlichen Einkäufe im Supermarkt beendet und nun streckte sie die Tüten Maxine entgegen. »Leg das für mich in den Gefrierschrank, Kindchen. Ich möchte nicht, dass meine Schenkel auftauen.«
Dad fing daraufhin zu husten an – er musste ein Lachen unterdrücken. Maxine hätte selbst um ein Haar losgelacht.
»Übrigens«, sagte das Medium, »ich heiße Luella Oribine.«
Luella Oribine. Maxine wendete den Namen im Mund hin und her. Er hatte einen interessanten Klang.
»Gehen wir hier rein, Kindchen?« Sie folgte Mum ins Esszimmer und scheuchte Maxine mitsamt den gefrorenen Schenkeln hinüber in die Küche.
Als Maxine zurückkam, zündete sich das Medium gerade eine Zigarette an, ohne auch nur zu fragen, ob sie hier rauchen durfte. Und Mum erhob nicht den geringsten Einwand dagegen. Maxine sah, wie Dad ihr einen empörten Blick zuwarf. Er wurde mit seiner Pfeife immer in den Garten geschickt, wenn er rauchen wollte.
Er bugsierte Maxine in die Küche zurück. »Glaubst du das?«, flüsterte er, als die Tür sicher verschlossen war. »Ich weiß, was ich gerne mit ihren gefrorenen Schenkeln machen würde.« Sie kicherten beide, als Luella Oribine den Kopf durch die Küchentür steckte.

»Kommen Sie, Mr Moody? Ich kann die Schwingungen heute Abend sehr stark spüren. Wer weiß, vielleicht habe ich auch für Sie eine Botschaft.« Das war ein Befehl, kein Vorschlag.
Dad sah Maxine an. »Dann muss ich wohl.« An der Tür wandte er sich noch einmal um. »Ich glaube, wir sollten unsere Sicherheitsgurte anlegen, mein Schatz . . . wir haben eine unruhige Nacht vor uns.«

Siebtes Kapitel

Maxine blieb im Obergeschoss, während die Séance stattfand. Sie hatte damit gerechnet, seltsame Geräusche zu hören, Stöhnen, geisterhafte Stimmen. Stattdessen war das Einzige, was sie in ziemlicher Deutlichkeit hörte, das durchdringende Organ von Luella Oribine.

»Ich habe eine Botschaft für Sie, Mr Moody. Von Ihrem Vater. Er ist ein glücklicher Mensch. Er hat immer gewusst, dass es einen Himmel gibt, und nun ist er dort.«

Schwachsinn!, dachte Maxine. Sie konnte sich den Gesichtsausdruck ihres Vaters vorstellen, während er das hörte: ungläubig, und dabei würde er sich auf die Lippen beißen, um nicht laut herauszulachen.

Es folgten weitere Botschaften von Tanten und Onkeln. Selbst von Nachbarn, die »in die Geisterwelt hinübergegangen« waren, wie Luella es nannte. Glaubte man ihr, so drängten sich alle um sie und versuchten Botschaften loszuwerden. Sie selbst unterbrach die Verbindung alle Augenblicke und tadelte einen von ihnen für seine Ungeduld.

»Ich sage es dir jetzt zum letzten Mal: Komm mir noch

ein einziges Mal zu nahe und du kannst dich wieder hinten anstellen!«
Maxine zog schließlich in die Küche um, damit sie besser lauschen konnte. Diese Veranstaltung war lustiger, als sie gedacht hatte. Ich wette, Dad würde furchtbar gerne lachen, dachte sie. Aber er würde es nicht tun. Die Sache war Mum zu wichtig und es ging um die eine Nachricht, die sie hören wollte.
Endlich kam sie.
»Ah, Ihr Junge ... auf ihn warten Sie doch, nicht wahr?«
Maxine hielt den Atem an. Sie würde doch nicht ernsthaft eine Nachricht von Derek überbringen?
Mums Stimme zitterte, als sie antwortete. »Er war allein. Er ... starb allein ... er soll wissen ... dass wir an ihn gedacht haben ... wie sehr wir an ihn gedacht haben ...«
Ihr Stimme versagte. Sie weinte. Maxine konnte die gemurmelten Trostworte ihres Vaters nicht genau verstehen.
»Er vernimmt Ihre Botschaft.« Luellas Stimme war jetzt sanft. Sie klang völlig anders.
»Er will, dass ich Ihnen etwas mitteile. Er liebt Sie. Er hat Sie immer geliebt.« Dann wurde ihre Stimme so leise und undeutlich, dass Maxine nicht mehr verfolgen konnte, was sie sagte.
Schließlich hörte sie Luellas Worte: »Er will, dass Sie glücklich sind. Dass Sie Ihr Leben weiterleben. Um seinetwillen. Das ist jetzt das Wichtigste.«
Ja! Ja! Vielleicht war diese Wahrsagerin letztlich gar nicht

so eine verrückte Idee gewesen, wenn sie Mum dazu brachte, die Vergangenheit zu vergessen und ihr Leben weiterzuleben.

»Er sagt, dass er Sie alle liebt. Und dass er sehr glücklich ist dort, wo er ist.«

Die Stimme ihrer Mutter war kaum mehr als ein Flüstern, als sie darauf antwortete. Aber es lag eine unglaubliche Erleichterung in ihren Worten. »Er ist glücklich? Wirklich wahr?«

Luella Oribine ging kurz darauf. Die sanften Töne waren verschwunden. Die Wahrsagerin präsentierte sich wieder so, wie es Maxine für ihre wahre Natur hielt, und fragte mit Zigarette im Mundwinkel nach ihren gefrorenen Schenkeln. Inzwischen hatte Maxine beschlossen sie zu mögen und grinste breit, als sie das Gefriergut übergab.

Dads Einstellung schien sich ebenfalls geändert zu haben. Er drückte Luella warm die Hand.

»Ich danke Ihnen. Mir gefällt, was Sie heute Abend gesagt haben.«

Sie nahm die Zigarette aus dem Mund und lächelte. »Ich hoffe, es hilft. Sie muss wieder leben. Hier ist so viel Traurigkeit.« Sie ließ ihre Augen schweifen und ihr Blick blieb an Maxine haften. Ein irritierter Ausdruck trat in ihr Gesicht. Ein Ausdruck, den Maxine nicht zu deuten wusste.

Dann schüttelte sie den Kopf und wandte sich noch ein-

mal Dad zu. »Wenn Sie mich je wieder brauchen, wissen Sie, wo Sie mich finden.«
Geistesabwesend schloss Dad die Tür hinter ihr.
»Dad, war das wirklich Derek, der Mum eine Botschaft geschickt hat?«
Bei dieser Frage sah er hoch. Er seufzte und zögerte eine Weile mit der Antwort. Schließlich straffte er sich. »Unsinn!«, schimpfte er. »Aber wenn es deiner Mutter hilft, Maxine, wenn das die Dinge hier wieder normalisiert, dann ist es mir egal. Es ist mir wirklich egal!«

Im Laufe der nächsten Tage vergaß Maxine den Anruf. Begann sich einzubilden, er hätte nie wirklich stattgefunden. Ihrer Mutter schien es im Übrigen besser zu gehen. Sie war geradezu euphorisch. In den ersten Tagen nach der Séance war Maxine so glücklich wie lange nicht mehr. Aber es sollte nicht von Dauer sein.
Samstag war ein wunderschöner Tag. Dad war Golf spielen gegangen, Mum war in der Küche und montierte neue Regale. Maxine schlief lange aus und war immer noch nicht richtig wach, als sie die Treppe hinunterging. Sie hörte ihre Mutter leise reden und rechnete damit, jemand bei ihr zu finden, als sie die Küche betrat. Aber außer Mum war niemand im Raum.
»Ist das gerade?« Mum hielt das Regal an die Wand, damit Maxine die Ausrichtung überprüfte.
»Sieht für mich gerade aus. Wer war vorhin hier? Ich hab dich mit jemandem reden hören.«

Mum schaute sie nicht einmal an. »Derek«, sagte sie, als sei es das Natürlichste von der Welt. »Derek ist hier.«
Maxine fühlte, wie ihr das Blut aus dem Gesicht wich. Was war mit ihrer Mutter los?
Mum drehte sich mit strahlender Miene zu ihr um. »Ich bin nicht dabei, den Verstand zu verlieren. Ich weiß, dass er . . . na ja, dass er nicht körperlich anwesend ist.« Sie lächelte. »Aber seit der Séance spüre ich, dass er mich beobachtet und ganz nah ist. Nah bei mir. Mein Sohn.«
Maxine hätte weinen mögen. Stattdessen schrie sie: »Hier ist niemand, Mum. *Ich* bin hier! Ich bin die Einzige, die hier ist!«
Ihre Mutter hörte nur mit halbem Ohr zu. »Hast du jemals zeitweilig das Gefühl gehabt, dass dich jemand beobachtet? Ich habe das Gefühl jetzt schon seit langem.«
Maxine überlief ein Schauder. Wie oft hatte sie dieses Gefühl verspürt? Lag hier die Erklärung? Dass der Geist ihres toten Bruders die ganze Zeit über sie gewacht hatte? Ihre Mutter hatte jedenfalls keinerlei Zweifel daran.
»Jetzt weiß ich, wieso. Derek. Die Séance hat ihn zu mir zurückgebracht und nun . . . Ich werde ihn nie mehr verlieren.«

Maxine rannte unter Tränen aus dem Haus. Sie würde Derek nie loswerden. Selbst als Toter drängte er sie noch aus dem Leben ihrer Mutter!
Ich hasse ihn! Ich hasse ihn! Fast hätte sie es laut he-

rausgeschrien, während sie ziellos irgendwohin lief. Die Leute sahen ihr verärgert nach, wenn sie sie anrempelte und, ohne ein Wort zu verlieren, weiterrannte.
Plötzlich hörte sie Schritte hinter sich; sie kamen näher. Hände packten sie bei den Schultern und wirbelten sie herum. »Maxine, was ist passiert?«
Es war Cam und er schien ernstlich um sie besorgt.
Cam! Er war schlau. Cam würde begreifen, was hier vor sich ging. Er würde wissen, was zu tun war. Cam würde ihr helfen. Sie würde Cam alles erzählen!

Achtes Kapitel

Sie gingen in ein nahe gelegenes Café und dort schüttete Maxine ihm ihr ganzes Herz aus.

»Meine Mutter sagt, ein Kind zu verlieren ist das Allerschlimmste, was einem passieren kann«, erklärte ihr Cam, als sie fertig war. »Deine Mutter hat Derek zweimal verloren. Stell dir vor, was sie durchmachen muss.«

An diesem Punkt wäre Maxine fast aus dem Café gestürmt. »Auf wessen Seite bist du eigentlich? Ich hab dir das alles nur erzählt, weil ich dachte, du wüsstest etwas, womit du mir helfen kannst.«

»Versuch die Gefühle deiner Mutter zu verstehen. Hab Geduld.«

»Ich habe die Schnauze voll davon, geduldig zu sein! Verständnisvoll! Ich hätte zur Abwechslung gerne mal jemanden, der *mich* versteht.«

»Ich verstehe dich schon.« Cam zog sie auf ihren Platz zurück. »Mir würde das auch nicht gefallen.«

Maxine sank in sich zusammen. »Sie war mir vorhin unheimlich, Cam. Sie gibt mir das Gefühl, dass er bei uns im Haus ist. Ein Geist. Und was ist mit dem Telefonanruf? Glaubst du, das war tatsächlich Derek? Es war schon komisch, dass ich den Anruf genau an dem Abend bekam, als wir eine Séance hatten. Vielleicht ist er zurückgekommen, um Luella Oribine seine Botschaft zu überbringen.«

Er schaute sie an, als wäre sie nicht bei Trost. »Sei nicht albern. Geister rufen nicht an.«

»Schön . . . und wer dann?«

»Ein Spinner. Jemand, der dich nicht leiden kann . . .« Er zuckte die Achseln. »Und von der Sorte gibt es eine ganze Menge.«

Versuchte er gerade wieder witzig zu sein? Es war schwer zu sagen, wenn er keine Miene dabei verzog.

»Jemand, der einfach nur richtig fies ist.«

Für den Bruchteil einer Sekunde blitzte das Bild von Sweeney in ihr auf. Sweeney, der sie ständig mit höhnischem Grinsen beobachtete. Sweeney, der vielleicht nicht öffentlich auf einem Mädchen herumhacken würde, sich aber sehr wohl solch einen hinterlistigen Plan ausdenken konnte, um ihr Angst einzujagen.

Cam redete immer noch. »Wenn solche Dinge passieren, lockt das Spinner auf den Plan. Ich bin eher überrascht, dass nicht mehr bei euch los war.«

Maxine unterbrach ihn aufgeregt. »Vielleicht doch, Cam.«

Sie erinnerte sich jetzt an Anrufe. Stumme Anrufe, bei denen sie in den Hörer rief: »Wer ist denn da?«, und nie eine Antwort erhielt. Sie wusste aber, dass jemand in der Leitung war. Sie konnte sich an das Atmen erinnern, schnelle, nervöse Atemzüge, genau wie vor kurzem. Dann legte der andere, wer immer es war, auf und die Leitung war tot.

»Erst seit Dereks Tod?«, fragte Cam.

Maxine nickte. »Ja. In den letzten paar Wochen. Meinst du, ich sollte es meinen Eltern sagen?«

»Warte, bis der nächste Anruf kommt«, sagte Cam. *»Falls* noch einer kommt. Aber erzähl es nur deinem Vater. Nicht deiner Mutter.« Er zögerte, doch sie konnte sich ausmalen, was er eigentlich hatte sagen wollen. Ihre Mutter war schon durchgedreht genug.

Das ist nicht wahr, wollte Maxine widersprechen. Aber selbst sie konnte sehen, dass Mum irgendwie am Rande des Wahnsinns stand.

»Und wenn noch ein Anruf kommt«, sagte Cam bedächtig, als sei er im Begriff, einem dummen Kind etwas zu erklären, »dann wähle die 14 71, um herauszukriegen, von wo aus der Betreffende telefoniert. Ich weiß nicht, warum du das beim letzten Mal nicht getan hast.«

Typisch Cam! »Wenn du einen Anruf von deinem toten Bruder bekommst, denkst du nicht unbedingt klar, du Klugscheißer!«

Er verzog das Gesicht. Das kam einem Lächeln näher, als sie es je bei ihm erlebt hatte. »Okay, okay, krieg dich wieder ein.«

Sie hatte sowieso vor Dad zu erzählen, dass ihre Mutter mit Derek sprach. Es war gruselig. Als sie aber nach Hause kam, brauchte sie gar nichts zu sagen. Er war bereits

im Bilde. Das war deutlich erkennbar an dem leeren Ausdruck in seinem Gesicht, als sie das Wohnzimmer betrat.
»Ich wusste, dass die Séance ein Fehler war«, sagte er sofort. »Hast du das Neueste gehört? Sie kann spüren, wie Derek ihre Haare berührt, wenn sie an ihm vorbeigeht. Er ist jetzt ständig bei ihr.«
Einen Moment lang fühlte Maxine sich mit ihm verbunden, wusste, dass auch er das Gefühl kannte, das ihr schon so lange zusetzte . . . ausgeschlossen zu sein wegen der ständigen Erinnerung an Derek. Zum ersten Mal, seit ihr Bruder fort war, fühlte sie sich nicht mehr so allein. Vielleicht hatte sie jetzt ihren Vater zur Unterstützung.
»Also . . . was wollen wir denn dagegen unternehmen, Dad?«
Er schaute sie verwirrt an. »Dagegen unternehmen? Wir werden gar nichts unternehmen. Sie ist glücklich. Sie scheint erstmals wieder glücklich zu sein. Wenn es ihr nicht schadet, ihr hilft . . . wozu sollten wir etwas unternehmen?«
Maxines sämtliche Hoffnungen verflüchtigten sich mit diesen Worten. Sie war wieder allein.
»Wenn es ihr hilft, mit der Sache fertig zu werden«, fuhr ihr Vater fort, »ist es mir egal.«

Danach begann Mum andere Wahrsagerinnen – das heißt Medien – aufzusuchen. (Sie korrigierte Maxine jedes Mal.) Sie kam nach jedem Besuch glücklicher zurück. Maxine wusste einfach nicht, was sie tun sollte. War das Leben vorher schwierig gewesen, so wurde es jetzt unmöglich.

Schwierig zu Hause und schwierig in der Schule. Paul Wilson war das alles beherrschende Gesprächsthema. Er war zuletzt nicht mehr in die Schule gegangen und seine Eltern hatten ihn anderswo angemeldet. Sweeney triumphierte. Wieder einmal hatte er gewonnen. Er stolzierte über den Pausenhof auf der Suche nach seinem nächsten Opfer und jeder Schüler ging ihm aus dem Weg. Keiner wollte der Nächste sein.

»Wieso kommt er immer ungeschoren davon?«, sagte Maxine zu Cam, während sie ihn beobachteten. »Er selbst kriegt anscheinend nie etwas ab.«

»Er ist gerissen«, sagte Cam. »Er überlegt sich, wen er sich aussucht. Ist dir das nicht aufgefallen? Immer Jungs, die aus einem guten familiären Umfeld kommen. Mit fürsorglichen Eltern und geregeltem Familienleben.«

Maxine verstand nicht recht, worauf er hinauswollte. »Was spielt das für eine Rolle?«

»Als deine Eltern zum Direktor gegangen sind, um sich über Sweeney zu beschweren, erinnerst du dich, was er ihnen gesagt hat?«

Oh ja, sie erinnerte sich. Sie hatte zugehört, wie ihre aufgebrachten Eltern im Wohnzimmer darüber diskutierten an dem Tag, als sie vom Treffen mit dem Direktor zurückkamen. »Ja«, sagte sie. »Sweeney kommt aus schwierigen Verhältnissen. Ein kaputtes Zuhause. Wir müssen Verständnis für ihn aufbringen.«

Cam stimmte zu. »Darum kommt er jedes Mal davon. Ein Unterrichtsausschluss, ein Negativeintrag in seiner Akte und schon ist er wieder da und schlimmer als vorher.«

Und jetzt, da Paul Wilson weg war, brauchte Sweeney ein neues Opfer. Jemand anders, den er quälen konnte. Na, sie wollte es jedenfalls nicht sein!

»Alles in Ordnung, Maxine?«, fragte Miss Ross sie eines Tages im Englischunterricht. Sie sollte *King Lear* lesen. Wie konnte irgendwer Spaß an einem solchen Stuss haben?

Maxine zuckte beim Klang der Stimme zusammen. »Mir geht's gut.«

Miss Ross war offenbar nicht überzeugt. »Komm nach der Stunde zu mir«, sagte sie.

Nach dem Unterricht stand Maxine alleine vor dem Lehrerpult. Miss Ross stapelte säuberlich Schulhefte aufeinander, bevor sie hochschaute.

»Was ist los mit dir, Maxine? Du bist in letzter Zeit so unkonzentriert. Ist bei dir zu Hause alles in Ordnung?«

Miss Ross war nett gewesen. Sie war Maxine in den schlimmen Tagen rund um die Beerdigung kaum von der Seite gewichen. Sie würde Verständnis haben, selbst wenn das, was Maxine sagte, seltsam klang.

»Es ist wegen Derek . . .«

»Aber das haben wir doch schon besprochen, Maxine. Deine Mutter wird Zeit brauchen, bis sie sich mit seinem Tod abfindet.«

»Ich bin nicht überzeugt, dass er tot ist«, murmelte Maxine.

Die Heftesammlung von Miss Ross fiel auseinander und verteilte sich quer über das Pult. »Was meinst du damit, um Himmels willen?«

»Er ist nicht tot. Er wandert jeden Tag mit meiner Mutter durchs Haus.«

Miss Ross wurde käseweiß. Sie muss allmählich glauben, meine gesamte Familie hätte nicht mehr alle Tassen im Schrank, dachte Maxine.

Rasch fing sie an ihre Worte näher zu erklären. Sie musste sich offensichtlich beeilen, bevor Miss Ross in Ohnmacht fiel. »Meine Mutter hatte eine Séance. Jetzt ist sie überzeugt, dass sie Derek von der anderen Seite zurückgeholt hat. Dass er die ganze Zeit bei ihr ist. Es ist schrecklich, Miss Ross.«

»Das ist nicht normal, Maxine.«

»Ich weiß. Aber Dad sagt, es hilft Mum, mit der Sache fertig zu werden.«

»Aber du glaubst das nicht, oder?«

Wie klug von Miss Ross – sie erkannte Maxines Gefühlslage genau!

Maxines ließ ihrer Wut freien Lauf. »Nein! Ich finde es dumm und verrückt. Derek ist tot und Schluss!«

Sie war noch immer wütend, als sie nach Hause ging. Noch immer wütend, als das Telefon kurz vor dem Abendessen klingelte.
»Hallo?«
Einen Moment lang hörte sie keine Antwort, nur jenes rätselhafte Atmen. Maxines Herz schlug schneller, sie begann zu schwitzen. »Hallo!« Sie sagte es in scharfem Ton. Dann die Stimme, sehr tief, sehr sanft. »Maxie ... ich bin's, Derek ...«
In ihrem Zorn ließ sie ihn nicht weiter zu Wort kommen. Sie begann in den Hörer zu brüllen.
»Nein, das bist du nicht! Du bist ein Spinner, ein mieser, bösartiger Spinner. Du bist nicht mein Bruder! Mein Bruder ist tot. Und ... ICH BIN FROH DARÜBER!«
Eine lange Pause entstand. Dann wurde die Verbindung abrupt unterbrochen. Wer immer das gewesen war, er hatte aufgelegt, geschockt von ihren Worten.
Gut so, dachte sie. Das war's dann wohl. Jetzt wird er sich nicht mehr melden.
Einen Augenblick stand sie schwer atmend da. Was hatte Cam ihr geraten? Wähle die 14 71. Finde heraus, von wo aus angerufen wurde.
Das tat sie nun. Es handelte sich um eine öffentliche Telefonzelle irgendwo in der Stadt. »Wählen Sie die Drei, wenn Sie diese Nummer zurückrufen möchten«, informierte sie eine Computerstimme.
Maxine drückte auf die Drei.
Sie hoffte, dass der geheimnisvolle Anrufer noch da war.

Sie hatte ihm einiges mitzuteilen, egal wer er war. War es Sweeney gewesen? Es hatte nicht nach ihm geklungen, aber er war in der Lage, seine Anhänger zu allem Möglichen anzustiften. Vielleicht war es einer von denen gewesen.

Das Telefon läutete lange. So lange, dass sie gerade schon im Begriff war, wieder aufzulegen, als plötzlich jemand am anderen Ende abhob.

»Hallo? Wer ist da?«

Eine Frauenstimme.

»Ich wollte Sie fragen, ob Sie mir helfen können. Ich habe gerade einen Anruf von Ihrem Apparat aus erhalten . . .«

Die Frau lachte auf. »Das wär ein echtes Wunder, Schätzchen.«

»Es war ein Junge«, erklärte Maxine langsam und deutlich. »Ist irgendein Junge in Ihrer Nähe?«

»Vermutlich eine ganze Menge, Schätzchen.«

Die Frau war betrunken. Davon war Maxine überzeugt.

»Wohnt jemand in der Nähe dieser Telefonzelle?« Sie versuchte nicht gereizt zu klingen.

»Keine Menschenseele«, antwortete die Frau. »Aber die Leute bringen sich geradezu um, damit sie herziehen können.«

Maxine wartete, so geduldig sie konnte, bis die Frau zu lachen aufhörte. Allmählich glaubte sie, dass sie mit dem Kartentelefon der städtischen Nervenheilanstalt verbunden war.

»Nennen Sie mir jetzt bitte den Standort dieses Telefons?« Es war ihr inzwischen gleich, ob sie unfreundlich klang oder nicht.

Endlich verstummte das Gelächter. Die Stimme der Frau tönte laut und klar durch die Leitung. Und Maxine wünschte sich, sie hätte sie nicht gehört.

»Hier ist der Friedhof, Schätzchen. Du hast die Telefonzelle auf dem Friedhof angerufen.«

Neuntes Kapitel

Es gibt keine Geister.

Geister rufen nicht an.

Sie stand neben dem Telefon und sagte sich das immer und immer wieder. Trotzdem gelang es ihr nicht, ihr Zittern unter Kontrolle zu bringen. Der Anruf war vom Friedhof gekommen. Sie kannte die Telefonzelle, von der die Frau gesprochen hatte. Beim Krematorium, nicht weit vom Kriegerdenkmal. Für Trauernde gedacht, die ein Taxi brauchten oder jemand bitten wollten, dass er sie abholte. Das Telefon war nie für Anwohner geplant gewesen! Überhaupt war es erstaunlich, dass es funktionierte, denn normalerweise wurde es von Jugendlichen zerstört, die in Horden über den Friedhof zogen, Grabsteine schändeten, Besäufnisse veranstalteten und sich vor Schulschwänzerkontrollen versteckten. Hier lag natürlich auch die Erklärung: Es gab irgendeinen Mistkerl, der sie verletzen, sie erschrecken wollte, der wollte, dass sie sich fragte, ob ...

Nein, Geister rufen nicht an. Sie haben andere Kommunikationswege. Wie etwa über Luella Oribine.

Und doch, sagte ein anderer Teil ihres Verstandes, was

war, wenn Luella ihn tatsächlich zurückgeholt hatte? Wenn sie Derek von der anderen Seite zurückgeholt hatte ... Was, wenn es wirklich Derek war, der ...?
Nein! Der Anrufer wollte ihr einen Streich spielen. Es konnte nicht anders sein. Genau wie Cam gesagt hatte. Was für ein grausamer Scherz! Und wieder musste sie an Sweeney denken. Eigentlich war es die Art von hinterhältiger Einschüchterungstaktik, die zu ihm passen würde. Aber warum?
Sie wählte Cams Nummer. Seine Großmutter nahm das Gespräch an und Maxine stöhnte auf. Cams Großmutter war ebenso exzentrisch wie Maxines Mutter und sie sprach so schlecht Englisch, dass es jeweils zehn Minuten dauerte, bis die eine begriffen hatte, was die andere gesagt hatte. Schließlich reimte sich Maxine zusammen, dass Cam heute Abend für seinen Vater arbeitete und Essen fürs Schnellrestaurant auslieferte.
Typisch, so ging es ihr immer! Wenn sie kein Essen bestellte, hatte sie keine Möglichkeit, ihn heute Abend noch zu erreichen.

Darum war es vielleicht eine höhere Fügung, die Pater Matthew an jenem Abend zu ihr nach Hause schickte. Er kam nach dem Essen, als Mum gerade die Geschirrspülmaschine einräumte und Dad Maxine zum wiederholten Mal fragte, warum sie so still sei. Er hatte ihre Blässe bemerkt, sobald er heimkam, und angenommen, dass irgendwas bei ihr schief gelaufen war.

Pater Matthew schaute unbehaglich drein, als er den Wohnraum betrat. Maxine konnte sich vorstellen, warum. Seit der Séance war Mum kaum noch in der Kirche gewesen. Spiritistische Versammlungen und immer neue Séancen bestimmten jetzt ihr Leben.

Sie, die eine regelmäßige Kirchgängerin gewesen war, die Kerzen entzündet und nie den Sonntagsgottesdienst versäumt hatte, hatte etwas anderes gefunden. Etwas, was sie ihrem geliebten Sohn näher brachte.

Maxines Vater begriff sofort, warum der Geistliche gekommen war. »Sie wird zur Kirche zurückkehren, Pater. Geben Sie ihr einfach Zeit. Sobald sie sich abgefunden hat mit Dereks . . .« Er konnte sich nicht dazu durchringen, das Wort »Tod« auszusprechen. »Sie wird sich wieder fangen. Diese Dinge helfen ihr. Deshalb mache ich auch nicht allzu viel Aufhebens darum.«

Pater Matthews Stimme war sanft. »Hilft ihr das wirklich? Sie ist unnatürlich, diese Besessenheit. Sie kann ihr unmöglich gut tun.«

Mum trat aus der Küche und bekam seine Worte mit. »Unnatürlich? Das ist das einzig Positive, was ich seit Dereks Verschwinden erlebt habe. Ich habe das Gefühl . . . er ist die ganz Zeit bei mir. Und das genieße ich!«

»Die Erinnerung sollte bei Ihnen bleiben, Mrs Moody. Aber nicht er selbst. Er ist jetzt an einem anderen Ort und wir sollten ihn dort in Ruhe lassen.«

»Ich will ihn nirgendwo anders haben als bei mir! Hier ist der Ort, wo er hingehört!«, schrie Mum Pater Matthew an. »Sie haben ihn mir nicht zurückbringen können. Nur deshalb passt Ihnen das alles nicht.«

Damit wandte sie sich von dem Geistlichen ab und ließ ihn stehen. Pater Matthews Stimme war ruhig wie immer. »Ich werde da sein, wenn Sie mich brauchen, Mrs Moody.« Sein Blick wanderte durch den Raum und blieb schließlich an Maxine hängen. »Wenn einer von Ihnen mich braucht.«

»Maxine«, sagte Dad, der bereits Anstalten machte, seiner Frau zu folgen, »bringst du Pater Matthew nach draußen?«

Er wurde zum Gehen aufgefordert, aber es schien ihm nichts auszumachen. Er lächelte und ließ sich von Maxine zur Tür begleiten.

Sie war entsetzt. »Es tut mir Leid, Pater«, sagte sie.

»Du brauchst dich nicht zu entschuldigen. Du solltest hören, wie manche anderen Leute mit mir reden.« Er lächelte erneut und Maxine erwiderte sein Lächeln. »Aber was ich gesagt habe, meine ich ernst. Ich bin da, falls du irgendwann reden willst.«

Reden? Sie hätte ihm am liebsten auf der Stelle von den Anrufen erzählt, aber dann würde er sie für ebenso verrückt wie ihre Mutter halten. Stattdessen fragte sie: »Pater, glauben Sie an Geister?«

»Geister?« Er schüttelte den Kopf. »Allerdings kann ich mir vorstellen, dass jemand die Anwesenheit eines geliebten Menschen spürt und ihn das tröstet.«

»Aber ist das nicht genau wie bei meiner Mutter?«

Er schüttelte noch einmal den Kopf. »Nein. Nicht wie bei deiner Mutter. Dereks Anwesenheit tröstet sie nicht, sondern ergreift Besitz von ihrem Leben. Und deine Mutter lässt ihn nicht in Frieden ruhen.«
Derek seinerseits ließ Maxine ebenso wenig Frieden. Noch im Tod bedeutete er ihren Eltern mehr als sie. Wurde mehr geliebt, war ihnen wichtiger als sie selbst.
»Darf man einen Toten hassen?«, fragte sie, doch sie wusste die Antwort im Voraus.
»Du hasst ihn nicht, Maxine. Hass ist ein sinnloses Gefühl. Negativ. Es bringt dich in keiner Weise weiter. Bete für ihn und lebe dein Leben weiter. Du bist jung, du solltest es dir gut gehen lassen.« Er berührte ihre Schulter. »Gib nicht auf, was deine Mutter angeht. Und mach dir erst recht keine Gedanken um Geister. Es gibt keine Geister.«

Es gibt keine Geister. Die Anrufe waren also bloß grausame Scherze. Und was passierte, wenn ihre Mutter einen dieser Anrufe annahm? Sie glaubte womöglich wirklich, dass es Derek war. Nein! Das wollte Maxine nicht riskieren. Sie musste es Dad erzählen. Es war die einzige Möglichkeit, entschied sie. Er würde wissen, was sie deswegen unternehmen sollten. Und es war tröstlich, sich vorzustellen, dass sie gemeinsam etwas taten, um Mum zu schützen.
An jenem Abend wartete sie, bis Dad zu ihr ins Zimmer kam, um Gute Nacht zu sagen. Mum lag schon im Bett.

»Dad, kann ich mit dir reden?«
Er lächelte und setzte sich neben sie aufs Bett.
»Glaubst du an Geister?« Sie musste das fragen. Sie wollte eine Rückversicherung durch seinen gesunden Menschenverstand.
»Oh, fang du nicht auch damit an, Maxine! Eine in der Familie genügt.«
Sie packte es völlig falsch an. Sie wusste es. Aber wie sonst sollte sie es ihm erklären? »Ja, Dad, bloß . . . Ich hab diese Anrufe bekommen.«
»Anrufe? Was für Anrufe?«
Sie zögerte lange, bevor sie antwortete. »Von Derek«, sagte sie schließlich. Sie wollte von Dad hören, dass das Unsinn war. Sie wollte von ihm hören, dass es sich um den üblen Scherz eines Spinners handelte.
Er fuhr sich mit den Händen durch die Haare. »Was? Was soll das heißen?«
Sie sprach schnell weiter, versuchte es ihm verständlich zu machen. »Da ist jemand, der sagt, er ist Derek.«
Er ließ sie nicht ausreden. Er stand auf. Er wurde nicht laut, aber seine leise Stimme war noch schlimmer. »Ist das wieder einer deiner albernen Versuche, Aufmerksamkeit auf dich zu ziehen? Reicht es nicht, dass ich deine Mutter durch das Ganze hindurchschleppen muss, ohne dass du auch noch mit deinem Blödsinn anfängst?«
Sie versuchte zu protestieren. Er hörte nicht zu. Warum hörten sie niemals zu?

»Wehe, ich höre dich ein einziges Wort von diesem Quatsch gegenüber deiner Mutter erwähnen!« Er sah jetzt aus, als sei er kurz davor zu weinen. Vielleicht war Mum nicht die Einzige, die am Rande ihrer Kräfte war. »Man sollte meinen, du könntest mir eine Stütze sein, Maxine. Stattdessen bist du nichts als eine Last.«
Ihr war zum Heulen zu Mute. Es war so ungerecht. Sie hatte nur ihre Mutter schützen wollen und jetzt war sie an allem schuld, wie üblich. Doch Tränen halfen nie. Also schrie sie ihren Vater an. »Derek wäre natürlich eine großartige Hilfe gewesen! Der wunderbare Derek! Vielleicht wäre es euch lieber, ich wäre tot, nicht er?«
Ihr Vater hielt sich die Ohren zu, um ihre Worte auszusperren. »Halt den Mund«, blaffte er zurück. »Deine Mutter kann dich hören.«
Und dann war er weg, aus dem Zimmer verschwunden. Die Tür schloss er geräuschlos hinter sich. In dieser Stille lag mehr Erbitterung als in jedem Getöse.
Nie wieder würde sie versuchen mit ihm zu reden, das schwor sie sich. Sie würde ihm nie wieder etwas erzählen. Wozu auch? Keiner hörte zu. Sie war alleine. Noch nie hatte sie sich so alleine gefühlt.
Pater Matthew hatte Recht. Sie würde ihr Leben weiterleben, und wenn dieser Verrückte noch einmal anrief, würde sie ihn dazu zwingen, Farbe zu bekennen. Sie würde so tun, als glaubte sie ihm. Sie würde sich mit dem Jungen treffen, der behauptete Derek zu sein.

Zehntes Kapitel

Am nächsten Tag ging sie nicht zur Schule. Stattdessen schlugen sie und Mighty Zola ihre gewohnten Schlachten. Doch ihr fehlte die Konzentration, darum gewann sie kaum ein Spiel. Cams Name tauchte immer noch triumphal oberhalb ihres eigenen auf: Mighty Champion. Sie begann an dem Gerät zu rütteln und versuchte so das Spiel zu ihren Gunsten zu wenden.

»He! He, du!« Plötzlich wackelte Taft, Simmys Sohn, auf sie zu. »Was glaubst du eigentlich, was du da spielst?«

»Ich spiel Mighty Zola«, gab sie unfreundlich zurück. »Oder wonach sieht das sonst aus?«

Er blieb stehen, die Hände in den Hüften, und fixierte sie. Maxine warf einen Blick auf die Comicfigur von Zola auf dem Bildschirm – er stand exakt genauso da und ließ seine bronzefarbenen Muskeln spielen. Dann schaute sie wieder zu Taft. Beim letzten Essen mussten Eier auf dem Speiseplan gestanden haben und so etwas wie Bakedbeans. Spuren davon waren, vermutlich für immer, vorne auf Tafts T-Shirt verewigt. Mighty Zola und Taft, sein Schlaffi-Doppelgänger. Maxine fing an zu kichern.

»Was ist hier so komisch?«, erkundigte sich Taft.
Maxine deutete auf den Computer. »Mighty Zola« – dann richtete sie ihren Finger auf Taft – »und Taft die Tonne!« Sie lachte wieder.
Taft machte verärgert einen Schritt auf sie zu. »Ich ruf in der Schule an wegen dir«, drohte er. »Müsstest du nicht dort sein?«
»Ruf doch an«, sagte Maxine ungerührt. »Man wird der Polizei natürlich mitteilen, dass ich minderjährig bin und gar nicht hier sein dürfte, und dann werden sie diesen Laden schließen.«
Seine Stirn legte sich in Falten, während er angestrengt nachdachte. »Du verschwindest von hier. Auf der Stelle!«, entschied er schließlich. »Und du brauchst nicht wieder zu kommen. Weil wir dich nämlich nicht mehr reinlassen werden.«
Sie warf ihren Rucksack über die Schulter und stieß ihn beinahe um.
»Werdet ihr doch«, sagte sie selbstsicher. »Solange ich Geld für Mighty Zola übrig habe, werdet ihr mich reinlassen!«
Sie fühlte, wie sich seine Blicke in ihren Rücken bohrten, als sie mit großen Schritten die Spielothek verließ. Sie hatte keine Angst vor Taft. Er war ein Nichts. Obwohl ... Warum war sie immer so gemein zu ihm? Früher war sie nie so gewesen.
»Schade, dass nur dein Bruder weg ist. Ein Jammer, dass du nicht gleich mit verschwunden bist.«

Sie erstarrte und drehte sich zu ihm um. In Tafts Stimme und Miene lag echte Gehässigkeit. Außerdem klang sein Tonfall verändert.
Irgendjemand hatte sie angerufen. Jemand, der sie nicht mochte. Der ihr einen Schrecken einjagen wollte. Konnte dieser Jemand Taft sein? Sie hatte keine Angst vor ihm. Vielleicht sollte sie aber welche haben.

Nachdem sie den Laden verlassen hatte, lief sie los, ohne darauf zu achten, wohin sie ging. So weit weg von der Schule wie möglich. Sie schlug sich mit allzu vielen Dingen herum. Irgendwann hielt sie an und bemerkte, dass sie gegenüber vom Friedhof stand. War das nicht seltsam?, dachte sie. Sie hatte nicht vorgehabt hierher zu kommen . . . oder doch?
Es gibt keine Zufälle, hatte sie einmal gelesen. Alles war Schicksal, alles, was geschah, war vorbestimmt.
Maxine zögerte nicht. Sie überquerte die Straße und betrat den Friedhof durch das große grüne Tor, das sich zu dem langen Weg hin öffnete.
Der Friedhof war riesig. Ein dunkler, schattenreicher Ort selbst bei Tageslicht. In den alten viktorianischen Mausoleen, die von Bäumen fast verdeckt waren, schliefen betrunkene Obdachlose. Bei Dunkelheit zogen hier Banden herum und verwüsteten die Gräber. Der Friedhof war aber auch ein toller Ort für kindliche Versteckspiele mit seinen hoch gewachsenen Nadelbäumen, die das Sonnenlicht fern hielten, und den Rhododendronbü-

schen, die alle Wege überwucherten. Maxine erinnerte sich, dass sie und Derek oft hierher gekommen waren. Zu Erkundungsgängen. Derek liebte es, die Inschriften auf den alten Grabsteinen zu lesen, und er machte gerne Zeichnungen von den üppig ausgestatteten Mausoleen. Das war in den guten Zeiten gewesen, damals, als sie und ihr Bruder sich noch gut verstanden. Bevor alles anders wurde.

»Die Toten können uns nichts tun, Maxine«, hatte er immer zu ihr gesagt, wenn die Sonne hinter einer Wolke verschwand und der Himmel sich bedrohlich verdüsterte.

Sie hatte sich hier nie gefürchtet. Bis heute.

Doch sie konnte nicht anders, sie musste tiefer in den Friedhof vordringen.

Sie ging an der Telefonzelle vorbei, die an der Kreuzung zwischen dem Kriegerdenkmal und dem Krematorium stand. Die Telefonzelle wurde ständig zerstört, die Wände waren mit Graffiti beschmiert und verkratzt.

»IRGENDWER HÄTTE SO ANSTÄNDIG SEIN KÖNNEN MICH MIT EINEM HANDY ZU BEGRABEN«, hatte ein Witzbold geschrieben.

Maxine ging weiter und dachte darüber nach, warum sich jemand die Mühe machen sollte, diese spezielle Telefonzelle zu benutzen.

Um ihr einen Schrecken einzujagen? Um sie glauben zu lassen, dass Derek wirklich von den Toten zurückgekehrt war und sie als Geist heimsuchte? Oder war es tat-

sächlich ein Geist? Nein! Daran glaubte sie nicht. Geister rufen nicht an, hatte Cam gesagt. Und Cam war clever. Die Anrufe stammten also von jemand anders.
Ihre Füße führten sie zu Dereks Grab. Sie war seit der Beerdigung nicht hier gewesen. Es war noch immer mit frischen Blumen bedeckt. Mum und Dad kamen jeden Sonntag her. Lange Zeit stand Maxine und starrte den Grabstein an.

DEREK MOODY
GELIEBTER SOHN

Der Stein trug nicht einmal ein Datum. Niemand hatte genau sagen können, wann er gestorben war. Das hatte ihrer Mutter fast ebenso schlimm zugesetzt wie sein Tod an sich.

DEREK MOODY
GELIEBTER SOHN

Wie wahr. Geliebt. Da unten lag er und war tot, und der sie anrief, war aus Fleisch und Blut und ... böse.
Sie schloss die Augen und beugte den Kopf zum Gebet. Sie betete, Derek möge tot bleiben. Aus ihrem Leben und dem ihrer Eltern fernbleiben. Sie wollte nicht, dass er wiederkam.
Der Wind raschelte in den Bäumen, fast klang es wie Flüstern. Wie Flüstern.
»Maxie ... Maxie ...«

Sie hielt den Atem an. Sie bildete sich das ein. Bestimmt.
»Maxie.«
Sie öffnete die Augen einen Spalt und blinzelte durch die Wimpern. Das Einzige, was sie sah, waren die Bäume.
Und dann eine Bewegung. War es ein Gesicht? Halb versteckt, die Augen auf sie gerichtet? Ein Gesicht, das sie kaum erkannte und das ihr doch so vertraut war?
Nein! Nein! Es konnte nicht sein.
Die Stimme war wie das sanfte Flüstern der Bäume. »Komm näher, Maxie. Hab keine Angst. Komm her. Ich bin's, Derek.«
Sie wollte es nicht glauben. Sie wollte nichts mehr hören. Sie begann gellend zu schreien. Sie schrie und schrie und . . . plötzlich wurde alles schwarz.

Elftes Kapitel

»Hier, Schätzchen, trink das.«

Sie nahm einen üblen Geruch wahr. Irgendetwas Scheußliches wurde ihr eingeflößt. Hustend und prustend kam Maxine zu sich. Ihr war schlecht.

»Ich wollte dich nicht erschrecken, Mädel.«

Die Haare des alten Mannes waren verfilzt, seine Kleidung verschlissen. Er hatte graue Stoppeln im Gesicht und sein Atem roch nach schalem Wein. Und er versuchte ihr aus seiner Flasche zu trinken zu geben!

Als sie das begriff, sprang sie auf. Was war passiert? War es ein schlechter Traum, ein Alptraum?

Die Erinnerung brach wie ein Wirbelsturm über sie herein. Derek in den Bäumen. Dereks Gesicht. Dereks Stimme.

»NEIN!«

Der Alte fuhr zurück bei ihrem Aufschrei. »He, jetzt geh nicht zur Polizei und sag ihnen, ich hätte dir Angst eingejagt. Ich hatte ja keine Ahnung, dass du hier bist.« Er rüttelte sie an der Schulter und versuchte sie so zum Zuhören zu bewegen. Doch Maxines Augen suchten fieberhaft die Bäume ab nach irgendeinem Zeichen dessen, was sie gesehen hatte. Oder wen sie gesehen hatte.

Nichts. Dort war jetzt nichts, niemand.
Zuletzt richtete sie ihren Blick auf den alten Mann. Auch in seinen Augen sah sie Furcht. Furcht davor, dass sie ihn in Schwierigkeiten bringen könnte, weil er hier war.
»Haben Sie sonst jemanden hier gesehen?«
Verwirrt legte er sein Gesicht in Falten. Er versuchte zu verstehen, worauf sie hinauswollte.
»Haben Sie einen jungen Mann gesehen. Einen Jungen. Dort drüben.« Sie machte eine Geste zum Grab, zu den Bäumen hinüber.
Grübelnd legte er einen Finger an die Lippen. So hätte er auch über eine Antwort bei *Wer wird Millionär?* nachdenken können. »Nein«, sagte er schließlich. »Keiner da außer mir und dir.«
Sie machte sich von ihm los und begann zu rennen. Sie musste von hier weg. Sie musste nachdenken.
Der Alte rief ihr nach: »Erzähl ja nicht der Polizei, ich hätte dir einen Schrecken eingejagt!«
Sie schaute nicht einmal zurück. Er rief immer noch hinter ihr her, aber der Ton hatte sich gewandelt. Er war nicht mehr ängstlich, sondern empört.
»Oh, brauchst dich ja nicht zu bedanken oder irgendwas. Und ich hab meinen guten Stoff an dich verschwendet!« Seine Stimme wurde leiser. »Schau dir die jungen Leute von heute an. Keine Manieren. Hörst du mich? Keine verfluchten Manieren!«

Sie lief, ohne anzuhalten, auf direktem Weg nach Hause. Zu verängstigt, um stehen zu bleiben. Zu verängstigt, um zu denken.
Mum kam aus der Küche, als sie zur Haustür hereinstürzte. »Maxine, du bist früh dran.«
»Du auch.« Sie hatte nicht damit gerechnet, dass jemand zu Hause war. Mum hätte auf ihrer Arbeitsstelle sein sollen.
»Ich habe mir freigenommen«, sagte Mum achselzuckend. Maxine wusste, dass das nicht stimmte. Dahinter steckte etwas anderes.
»Warum bist du schon zu Hause?«, fragte Mum sie.
»Ich fühle mich nicht gut.« Das war nicht mal gelogen. Ihr war übel.
Ihre Mutter warf ihr einen prüfenden Blick zu, kam zu ihr und befühlte ihre Stirn. »Nanu, du bist ja ganz heiß, Liebes. Du gehst am besten nach oben und legst dich sofort hin.« Plötzlich begann sie zu schnuppern.
»Was ist das für ein Geruch?« Die Erkenntnis, was »dieser Geruch« war, traf sie wie eine Keule. Ihre Augen weiteten sich erschreckt. »Maxine! Das ist Alkohol!«
Das hatte ihr gerade noch gefehlt, dachte Maxine mit einem Aufstöhnen. Dass ihre Eltern dachten, sie hätte zu trinken angefangen.
»Ich weiß, Mum. Ich bin so schnell nach Hause gelaufen, dass ich einen alten Säufer über den Haufen gerannt habe und der hat seine ganze Flasche über mich geschüttet.«

Es war zu lächerlich, um nicht wahr zu sein. Mum glaubte es jedenfalls.

»Geh ins Bett«, sagte sie. »Ich bringe dir einen Tee nach oben.«

Sie machte sich auf den Weg in die Küche, dann blieb sie an der Tür stehen. »Ich bin so froh, dass ich zu Hause bin, Maxine«, sagte sie träumerisch. »Ich kann Dereks Anwesenheit hier so stark spüren. Er ist jetzt bei uns.«

Ja!, hätte Maxine sie gerne angeschrien. Ich habe ihn gerade vom Friedhof mitgebracht! Wenn sie sich vom Geist ihres Bruders verfolgt fühlte, war ihre Mutter daran schuld. Ihre Mutter und diese dämliche Wahrsagerin.

Dad kam um sechs nach Hause und Maxine konnte hören, wie das Stimmengemurmel unten einen ärgerlichen Klang annahm. Sie haben herausgefunden, dass ich nicht in der Schule war, war ihr erster Gedanke; und sie hielt die Luft an, als Dad Minuten später ihr Zimmer betrat. Er sah bekümmert aus, sein Gesicht war müde und abgekämpft.

»Hat Mum dir erzählt, dass sie ihre Stelle verloren hat?«, fragte er sofort.

Das war es also. Kein freier Tag.

»Aber warum? Mum arbeitet schon seit Ewigkeiten dort.«

Er zuckte die Achseln. »Ihre Firma war wirklich anständig während des letzten Jahres, sehr verständnisvoll. Aber vielleicht wurde es ihnen zu viel, dass der Geist von

Mums Sohn während der Arbeitszeit mit ihr herumwanderte.«

Dir wird es zu viel, Dad. Maxine beobachtete ihn und fragte sich, wie lange es noch dauern würde, bis er die Nase voll hatte und auszog.

Was geschah mit ihrem Leben? Mit ihrer aller Leben? Und alles wegen Derek.

»Na denn.« Mit einem müden Lächeln wandte er ihr seine Aufmerksamkeit zu. »Wie geht es dir?«

»Mir war bloß schlecht. Jetzt ist alles in Ordnung.«

»Bestimmt?« Er berührte ihre Stirn mit seiner Hand.

Hätte er es nur ernst gemeint. Hätte sie nur zu ihm sagen können: »Ich habe Derek bei seinem Grab gesehen, Dad. Ich habe seine Stimme gehört.«

Doch nein. Es war unmöglich. Er hatte nicht an eine geisterhafte Stimme am Telefon geglaubt. Er würde ihr dies erst recht nicht abnehmen. Er würde ihr wieder unterstellen, sie wolle sich wichtig machen.

»Hör mal, wegen neulich – es tut mir Leid.« Er versuchte ein aufrichtiges Lächeln, aber es misslang. »Es ist momentan schwierig für mich, mit deiner Mutter klarzukommen. Aber wenn du Anrufe bekommst, wenn dieser kranke Spinner jemals wieder hier anruft, sag mir auf jeden Fall Bescheid. Wir lassen das von der Polizei regeln.«

In diesem Moment sah sie, wie viele Sorgen auf ihm lasteten. Wie durfte sie da noch mehr dazu beitragen? Und was war, wenn der Junge auf dem Friedhof gar nicht Derek gewesen war? Natürlich war er es nicht gewesen. Unmöglich. Sie konnte Dad nicht noch mehr Sorgen machen. Nicht jetzt.

Als sie wieder alleine war, kuschelte sie sich in ihr Bett und versuchte zu überlegen. Wem konnte sie davon erzählen? Wer würde sie verstehen? Sie *musste* mit jemandem reden. Pater Matthew würde zuhören. An ihn konnte sie sich jederzeit wenden. Aber er glaubte nicht an Geister. Er würde sie für so verrückt halten wie ihre Mutter.

Konnte sie es Miss Ross erzählen? Miss Ross war nüchtern und hatte einen gesunden Realitätssinn, aber diese Sache würde selbst für sie unverdaulich sein.

Damit blieb nur Cam übrig. Gut, sie hatte das deutliche Gefühl, dass er sie nicht mochte. Aber – und das war wichtiger – er glaubte ihr. Er beschuldigte sie nicht, sie würde Dinge erfinden oder seltsames Zeug hören. Er nahm ihr alles, was sie sagte, als Wahrheit ab. Das taten Erwachsene nie. Egal, wie gut sie es mit einem meinten.

Sie würde mit Cam reden. Er war schlau. Er würde eine Erklärung finden für die Geschehnisse. Sie brauchte jemanden, der sie ihr erklärte.

Sie ließ ihre Nachttischlampe die ganze Nacht brennen. Im Dunkeln hielt sie jeden Schatten für Derek, jedes Knacken im Haus für seine flüsternde Stimme.

»Denk nicht darüber nach«, sagte sie sich immer wieder. Es musste der alte Stadtstreicher gewesen sein, den sie

gesehen hatte, während er sie durch die Bäume hindurch beobachtete. Es war seine krächzende Stimme gewesen, die sie gehört hatte. Fast gelang es ihr, sich selbst davon zu überzeugen. Es war keinesfalls Derek gewesen.
Doch in ihren Träumen war es jedes Mal Derek, der als alter Stadtstreicher über den Friedhof schlurfte und in einem verfallenen Mausoleum Wein in sich hineinschüttete.
Derek . . . Derek . . . Derek . . .

Zwölftes Kapitel

Am nächsten Tag wartete Miss Ross am Schultor auf sie. Ihre Miene war grimmig.

»Ich habe gestern für dich eingestanden, aber ich werde – und kann – das nicht noch einmal tun«, sagte sie. Dann veränderte sich ihr Ton. Er wurde milder, sanfter. »Ich dachte, jetzt würde es anders, nachdem . . .«

». . . nachdem Derek tot ist«, waren ihre unausgesprochenen Worte.

»Aber Derek ist nicht tot.«

Das hübsche Gesicht der Lehrerin verzog sich, sie runzelte die Stirn. »Nicht tot? Aber natürlich ist er das, Maxine.«

»Nicht, wenn man meiner Mutter glaubt«, sagte Maxine. Sie merkte, wie sich ihre Augen mit Tränen füllten, und verabscheute sich selbst dafür. Weinen half kein bisschen weiter.

»Soll ich kommen und mit ihr reden?«

Maxine dachte darüber nach. »Werden Sie ihr sagen, dass ich gestern nicht in der Schule war?«

Die Lehrerin lächelte. »Diesmal nicht. Aber ich würde gerne mit ihr darüber sprechen, wie sehr dich das alles mitnimmt.«

»Sie hat ihre Arbeitsstelle verloren!«, platzte Maxine heraus. »Und ich weiß nicht, wie lange mein Vater noch mitmacht. Und sie lässt Derek einfach nicht los und . . .« Sie konnte nur mit Gewalt ihre Tränen unterdrücken. Aber sie wollte nicht weinen. Der Tag war zu sonnig, der Himmel zu blau. Es war ein Tag, der gemacht war, um glücklich zu sein. Sie würde nicht zulassen, dass Derek ihn verdarb.

»Weil sie mich dazu gebracht hat, bilde ich mir ein, dass ich ihn auch sehe.«

Schwerer Fehler! Maxine wusste es sofort. Die Miene ihrer Lehrerin versteinerte. »So etwas darfst du nicht einmal denken, Maxine.«

Vertrau keinem Erwachsenen! Warum hatte sie diese simple Regel vergessen? Sie verstehen dich nie. Glauben dir nie. »Ich habe es mir nur eingebildet«, sagte sie rasch. »Ich war so durcheinander wegen des Verhaltens meiner Mutter. Es stellte sich dann heraus, dass es ein alter Säufer war.«

Miss Ross sah besorgt aus. »Ich halte es für unerlässlich, dass ich mit deiner Mutter rede, Maxine. Das geht nicht so weiter.«

»Bitte sagen Sie ihr nicht, dass ich gedacht habe, ich hätte ihn gesehen. Bitte.« Mum würde das eher glauben, als dass sie Maxine für leicht verrückt hielt.

»Hab keine Angst, Maxine«, sagte Miss Ross mit einem Lächeln. »Du kannst mir vertrauen.«

Maxine traf Cam erst gegen Mittag. Er stand an der Süßigkeitenbude vor dem Schultor zusammen mit Loui, dem einzigen anderen Chinesen an der Schule. Ein Junge, der fast ebenso häufig lächelte, wie Cam es nicht tat. Sie war gerade im Begriff, zu den beiden hinüberzugehen, als sie Sweeney und seine Truppe dort hinschlendern sah. Cam schaute nicht einmal hin, er kehrte ihnen den Rücken zu.

Sie wollte noch rufen: »Dreh dich um!« Doch bevor sie ein Wort sagen konnte, hatte Sweeney bereits begonnen Cam zu provozieren.

»He, Schlitzauge, hast du meine Süße angequatscht?«

Sweeneys »Süße« war Gale, eine Kaugummi kauende Blondine, nicht gerade Cams Typ.

Cam ignorierte ihn weiterhin. Sweeney trat dichter an ihn heran. Seine Kumpels bildeten einen Kreis um Cam und Loui. Loui sah nervös aus, inzwischen lächelte er nicht mehr.

Maxine warf einen Blick in die Runde. Es waren nur wenige Schüler in der Nähe. Die meisten waren noch beim Essen in der Schulkantine oder schon in den Gemeinschaftsräumen. Nur ein paar Jungs lungerten in der Nähe herum und beobachteten die Szene genau. Sie würden nicht dazwischengehen, das wusste Maxine. Sie würden nur zuschauen, froh, dass sich Sweeneys Wut nicht gegen sie richtete. Sweeney war mit vier Kumpels da. Cam und Loui hatten keine Chance.

»Tu nicht so, als würdest du mich nicht bemerken, du chinesisches Stück Scheiße!«

Noch immer kehrte ihm Cam den Rücken zu.
Warum entschuldigt er sich nicht einfach?, dachte Maxine. Für irgendwas. Verspricht, dass er es nie wieder tun wird. Sie waren nur zu zweit und Loui war klein und dünn. Sweeney war gebaut wie eine Bulldogge.
Aber Cam ignorierte ihn weiterhin. Tat so, als sei Sweeney gar nicht da. Loui war nicht ganz so ruhig. Maxine sah, dass er nervös an seinem Kragen zupfte. Sweeney bemerkte es auch.
»Bleib du bei ihm und du kriegst das Gleiche ab.«
Doch Loui wich trotz seiner zierlichen Statur nicht von Cams Seite.
Sweeney ließ seine Knöchel knacken. Seine Bande begann zu grinsen. Das würde ein Spaziergang werden. Ein reiner Spaziergang. Zwei leichtgewichtige Chinesen gegen fünf der stärksten und brutalsten Jungs von der Schule.
Cam flüsterte Loui etwas auf Chinesisch zu und Loui antwortete darauf mit einem Kopfnicken. Das brachte Sweeney auf die Palme. »He, Schluss mit dieser dämlichen Sprache. Könnt ihr kein Englisch reden?«
Erst jetzt wandte Cam den Kopf und schaute ihn an.
»Besser als du«, sagte er knapp.
Maxine schnappte nach Luft. Wie konnte man so etwas zu Sweeney sagen! Hatte Cam den Verstand verloren?
»Besser als ich?« Jetzt war Sweeney wirklich stinksauer.
Maxine hätte sich gerne zwischen sie geworfen und sie aufzuhalten versucht. Aber ihre Füße waren wie Blei –

und wie hätte sie auch helfen können? Doch sie wusste, sie würde etwas tun, wenn es darauf ankam. Sie würde sich hineinstürzen und etwas tun.

»Jetzt reicht's, Chinese. Du bist dran.« Sweeney rückte drohend näher.

»Fünf gegen zwei«, sagte Cam. »Genau die ungleiche Besetzung, die ich mag.«

Cam hatte einen Sprung in der Schüssel, beschloss Maxine in diesem Moment. Was glaubte er wohl, was für ein Spiel er da spielte? Er verschlimmerte nur seine eigene Lage. Sweeney wandte sich an seine Bande. »Habt ihr das gehört? Dieser Kerl verdient alles, was er gleich kriegt.«

Er konzentrierte sich wieder auf Cam. Jetzt war es so weit. »Mach dich bereit zu sterben, Chinese«, drohte er grimmig.

Und dann geschah es. Cam und Loui traten einen Schritt zurück. Sie standen aufrecht da, mit geradem Rückgrat. Sie brachten ihre Hände mit einer eleganten und zugleich drohenden Bewegung in Position. Mit einer Bewegung, die Maxine erkannte, die jeder erkannte. Karate. Sie wollten Karate gegen Sweeney einsetzen!

Im Bruchteil einer Sekunde ließ Cam sein Bein gestreckt in die Höhe schnellen. Loui tat das Gleiche. Cam stieß einen Kampfschrei aus.

Das Ganze erwischte Sweeney und seine Bande kalt. Sie hatten damit gerechnet, Cam zu Brei zu schlagen. Fünf gegen zwei. Sie hatten nicht damit gerechnet, zwei

Bruce Lees gegenüberzustehen. Sweeneys Kumpels traten einen Schritt zurück.
»Na los, komm«, sagte Cam und sein Bein schnellte wieder vor. Sweeney stolperte rückwärts. Fast wäre er gefallen. »Los, komm«, wiederholte Cam.
Der Rest der Bande zögerte nur ganz kurz, dann ließen sie Sweeney einer nach dem anderen im Stich. Er schaute sich nach ihnen um, aber sie waren weg. Jetzt war er derjenige, der an seinem Kragen zerrte. Cam sprang mit einer einzigen, fließenden Bewegung auf ihn zu. »Nur ich und du, Sweeney«, sagte er.
»Das würde dir so passen, was?« Sweeney zog sich vorsichtig Schritt für Schritt zurück. »Ich kann kein Karate.« Er zog sich noch weiter zurück. »Du könntest mich mit einem einzigen Schlag umbringen.«
Cam deutete ein Lächeln an. Er nickte und mit einer schnellen Bewegung aus dem Handgelenk schoss seine Hand auf Sweeney zu.
Sweeney war eingeschüchtert. Und Sweeney mochte es nicht, wenn er eingeschüchtert wurde. Er würde diese Szene nicht vergessen, ebenso wenig wie seinen Herausforderer Cam. In seiner Stimme lag echte Hinterhältigkeit. »Ich krieg dich noch, Cam. So leicht kommst du mir nicht davon, denk dran. Ich krieg dich, wenn du nicht damit rechnest. Und ich sorge dafür, dass es dir Leid tut.«
Und damit war er weg und rannte hinter seinen Leuten her.

Maxine machte einen Luftsprung. Sie konnte nicht anders. »JA!«, schrie sie. Cam schaute zu ihr herüber. In großen Sätzen rannte sie zu ihm.
»Cam! Das war brillant. Ich wusste nicht, dass du Karate kannst.«
Cam sah Loui an. Jetzt lachten sie beide.
»Können wir nicht, Maxine. Wir haben bloß gehofft, dass das eine gute Methode ist, um diese Typen abzuschrecken.«
Das war sogar noch besser. Maxine lachte so heftig, dass sie gar nicht mehr aufhören konnte.
»Er wird es natürlich nicht vergessen«, warnte Maxine Cam, nachdem Loui gegangen war. »Sei lieber auf der Hut, der wird dich abpassen.«
Cam sah aus, als wäre ihm das völlig gleichgültig. Das wiederum ärgerte Maxine. Er hatte die scheußliche Angewohnheit, sie in Rage zu bringen. »Jedenfalls«, sagte sie, »solltest du nicht versuchen ihm seine Freundin auszuspannen. Kein Wunder, dass er stinkig war.«
Cam zog eine Augenbraue hoch. »Du glaubst doch nicht im Ernst, dass ich an Gale interessiert bin. Sie ist blöd. Und da wir gerade von blöden Weibern reden, was tust du eigentlich hier?«
»Du bist wirklich der widerlichste . . . Ich hab große Lust, dir nicht mehr zu sagen, warum ich gekommen bin!«
Wieder zog er eine Augenbraue hoch. Er wusste, dass sie es ihm sagen würde. Sie war ja ganz versessen darauf.

Doch jetzt, da es so weit war und sie reden konnte, wusste sie nicht, womit sie anfangen sollte. Es klang alles so absurd. Ein Anruf vom Friedhof aus, eine flüsternde Stimme am Grab, ein verschwommenes Gesicht zwischen den Bäumen. Aber Cam hörte zu, aufmerksam, und sah sie nicht an, als wäre sie verrückt. Er unterbrach sie nicht mit ungläubigem Gelächter.

»Ich habe ihn wirklich gesehen, Cam«, beharrte sie, nachdem sie ihm alles erzählt hatte. »Und ich habe seine Stimme gehört.«

Er schwieg lange. »Ich glaube dir, Maxine«, sagte er schließlich. Und sie war so erleichtert, als hätte sie ihre Last halbiert. Jemand verstand sie.

»Wir haben drei Möglichkeiten.« Er dachte noch einen Augenblick darüber nach. »Erstens, du hast einen Geist gesehen. Du wirst von deinem toten Bruder heimgesucht.«

Das erschien Maxine absolut logisch. Sie schimpfte plötzlich los: »Von den Toten zurückgeholt von dieser dummen Wahrsagerin! Ich gehe zu ihr, Cam. Und ich werde ihr was erzählen!«

Cam beachtete sie nicht. »Zweitens«, fuhr er fort, »jemand versucht dir gezielt Angst einzujagen.«

Das klang sogar noch logischer. »Jemand, der grausam und rachsüchtig ist. Meinst du, es könnte Sweeney sein?«

Aber Sweeney sah Derek nicht im Geringsten ähnlich und das Gesicht, das sie zwischen den Bäumen gesehen hatte, hatte Ähnlichkeit mit dem ihres Bruders gehabt. Sie geriet immer mehr durcheinander.

»Was ist die dritte Möglichkeit?«

»Sie wird dir nicht gefallen«, sagte er.

»Pah!«, sagte sie abschätzig. »Sie kann wohl kaum schlimmer sein als die anderen beiden. Komm, sag schon. Was ist die dritte Möglichkeit?«

Cams dunkle Augen blickten sie unverwandt an. »Ist dir je der Gedanke gekommen, dass Derek vielleicht gar nicht tot ist? Und dass er wirklich zurückgekommen ist?«

Dreizehntes Kapitel

»Aber das ist unmöglich! Idiotisch und unmöglich! Mein Vater hat die Leiche identifiziert, weißt du noch? Es war Derek, keine Frage.«

Cam zuckte die Achseln. »Ich sage das nur ungern, aber er war doch schon eine Weile tot. Was konnte man da noch identifizieren?«

»Seine Kleider zum Beispiel!«, sagte sie aufgebracht. »Genau die Kleider, die er trug, als er verschwand. Ich mag mir das nicht anhören.« Sie hielt sich die Ohren zu, um seine Stimme nicht hören zu müssen. »Lieber soll es ein Geist gewesen sein! Lieber soll es ein Geist gewesen sein!«

Was Cam gesagt hatte, beschäftigte sie den ganzen Tag, und als er am nächsten Tag vor dem Schultor auf sie wartete, wollte sie nicht mit ihm reden. Sie rannte los und versteckte sich hinter dem Buswartehäuschen, bis er weg war. Sie wusste, dass sie ihm nichts vorzuwerfen hatte. Sie hatte ihn um Rat gefragt. Aber – Derek nicht tot? Das war unmöglich. Undenkbar.

Nie würde sie das glauben.

Zu Hause war es trist. Die Luft war so dick, dass man sie

mit der stumpfen Kante eines Lineals hätte zerteilen können. Nach dem Abendessen setzten sie sich zusammen, um ein Video anzuschauen, und die Spannung lag weiter in der Luft.

Früher einmal war Video schauen eine von Maxines liebsten Familienveranstaltungen gewesen. Mum besorgte Popcorn und Schokoeis und verwandelte den Abend in eine »lohnende Erinnerung« – eine ihrer gerne gebrauchten Redewendungen. Sie verfügte über einen Riesenvorrat davon. »Mach das Allerbeste aus dem heutigen Tag und du hast eine lohnende Erinnerung geschaffen, die dir lebenslänglich bleiben kann.« Seit Derek fort war, hatte sie keine lohnenden Erinnerungen geschaffen, nur schmerzliche.

Abgesehen davon war das Video langweilig. Irgendein Schwachsinn über einen Mann, der sich als Arzt ausgab, die Identität von jemand anderem annahm und zuletzt komplizierte Operationen ausführte. Was für ein kompletter Quatsch, dachte Maxine. Und sie sagte es auch.

»Wie soll der denn jemand den Blinddarm herausnehmen? Er hat nicht mal eine Ausbildung gehabt.«

»Er hat es aus Büchern gelernt«, erklärte Dad. »Während des Kriegs waren es auch nicht immer Ärzte, die Operationen ausführten, weißt du. Viele Leute mussten bei Notfällen einspringen und nach Lehrbuch arbeiten.«

»Ich glaube das auch nicht«, warf Mum ein. »Ich glaube nicht, dass der echten Ärzten etwas vormachen könnte.«

»Aber es ist eine wahre Geschichte«, beharrte Dad, als hätte er einen Haufen Trottel vor sich.
Irgendwie war es ein bisschen wie früher, dachte Maxine. Sie konnten nie gemeinsam einen Film ansehen, ohne darüber ins Debattieren zu geraten.
Dad setzte zu einer Erläuterung an. »Dieser Mann hat fast ein Jahr lang in einem Krankenhaus gearbeitet. Niemand kam auf die Idee, dass er ein Hochstapler sein könnte. So etwas kann passieren. Er verhielt sich wie ein Arzt. Er sah aus wie ein Arzt. Mal ehrlich ...« Er fing an zu lachen. »Ich wette, wenn ich mir ein Stethoskop um den Hals hänge und einen weißen Kittel anziehe, könnte ich auch als Arzt durchgehen.« Er zwinkerte Maxine zu und sie kicherte bei der Vorstellung.
»Jetzt, wo du davon sprichst ...«, sagte Mum mit nachdenklicher Miene. »Als ich letztes Mal beim Arzt war, habe ich dem Mann all meine Krankheitssymptome vorgetragen, bis er mir sagte, er streiche nur die Praxis an.«
Und plötzlich lachten sie alle wie in alten Zeiten.
Maxine empfand es als unerwünschte Störung, als es draußen klingelte. Sie wollte die momentane Stimmung bewahren.
Dad schaltete den Videorekorder aus und Mum ging zur Haustür. Ein schrecklicher, alptraumhafter Gedanke überfiel Maxine. Was, wenn ... was, wenn dieser Junge, der so tat, als wäre er Derek, draußen auf der Türschwelle stand? Derek, so wie er gestern auf dem Friedhof ausgesehen hatte. Blass und mitgenommen. Derek und doch

nicht Derek. Sie begann zu zittern. Das würde Mum nicht aushalten! Maxine stand auf. Ihre Knie waren weich.
»Maxine, ist alles in Ordnung? Du bist kalkweiß.«
»Ich fühle mich nicht gut.« Sie wollte vor Mum an der Tür sein und wusste doch, dass es schon zu spät war. Sie hörte, wie ihre Mutter den Türgriff drehte.
»Maxine?« Die Stimme ihres Vaters drang verschwommen zu ihr, als sei sie tausende von Meilen entfernt. Das Einzige, was sie deutlich wahrnahm, war das Öffnen der Haustür durch ihre Mutter.
»Maxine, setz dich wieder hin. Du siehst aus, als würdest du gleich umfallen!« Ihr Vater drückte sie auf einen Stuhl.
Sie wartete auf den Aufschrei ihrer Mutter.
»Miss Ross, wie nett, Sie zu sehen.«
Maxine lehnte sich aufatmend zurück.
»Ich denke, wir sollten einen Arzt rufen für Maxine«, sagte Dad, als Miss Ross und Mum ins Wohnzimmer kamen. »Eben ist sie fast ohnmächtig geworden.«
Miss Ross sah sie an.«Ich bin eigentlich wegen Maxine gekommen. Ich wollte mit Ihnen über sie reden.«
Maxine hielt den Atem an. Miss Ross sollte bloß nicht verraten, dass sie wieder den Unterricht geschwänzt hatte. Sie hatte es versprochen!
Sie verriet nichts. »Maxine macht sich große Sorgen um Sie, Mrs Moody.«
Mum sagte leichthin: »Sie braucht sich meinetwegen keine Sorgen zu machen. Mir geht es gut . . . jetzt.«

Jetzt, da Derek bei mir ist, meinte sie.
»Wir machen uns beide Sorgen um meine Frau, Miss Ross. Aber versuchen *Sie* ihr das zu sagen«, antwortete Dad. »Sie muss Derek loslassen. Kein Wunder, dass Maxine durcheinander ist.«
»Ich lasse mir das von keinem wegnehmen. Nicht von meinem Mann, nicht von Maxine und bestimmt nicht von Ihnen, Miss Ross.«
»Niemand will ihnen etwas wegnehmen. Aber Ihr Verhalten ist unnatürlich. Und es ist hilft Maxine nicht weiter.«
Mum wandte sich aufgebracht Maxine zu. »Wissen vielleicht all deine Lehrer, was gut für uns ist?« Sie ließ Maxine keine Zeit zu antworten, sondern ereiferte sich weiter. »War das Ganze hier von euch geplant? Von euch beiden? Lautet das Motto des Abends: Wir verbünden uns gegen Mum?«
Jetzt wurde Dad wütend. »Du hast kein Recht, so zu reden, Gill.«
»Ich soll kein Recht darauf haben!« Mums Zorn richtete sich nun gegen ihn. »Versteht denn keiner, was ich durchgemacht habe? Ich wollte nie glauben, dass Derek . . .« Sie brachte das Wort immer noch nicht über die Lippen. »Und doch war es so. Ich weiß schon, dass ich lernen muss mich damit abzufinden. Jetzt habe ich einen Rettungsanker gefunden. Warum wollen mir alle diesen Rettungsanker entreißen?«
»Weil er nicht gut für dich ist!«, schrie Dad sie an.

»Blödsinn!«
»Gill, der Glaube an Spirituelles sollte dich trösten, aber in dem, womit du dich beschäftigst, findest du keinen Trost. Es ergreift Besitz von deinem Leben.«
»Das stimmt nicht.«
Maxine sprang auf. »Es stimmt wohl, Mum. Ich könnte ebenso gut gar nicht da sein!«
Mum schaute sie an, als verstünde sie nicht, was Maxine sagte. »Aber Derek ist auch da«, sagte sie schließlich.
»Ich weiß es. Und das ist tröstlich für mich.«
Es war hoffnungslos. Maxine schaffte es nicht, zu ihr vorzudringen. »Nein, das ist er nicht! Er ist nicht da. Ich habe nie begriffen, warum Derek abgehauen ist. Aber jetzt weiß ich's. Er hat es getan, weil er es hier ungefähr genauso unerträglich fand wie ich. Ich mache ihm keinen Vorwurf, dass er weggelaufen ist!«

Vierzehntes Kapitel

Maxine lief weinend auf ihr Zimmer. Sie wusste, dass sie ihre Mutter verletzt hatte, doch es war ihr egal. Miss Ross blieb. Maxine konnte ihr Stimmengemurmel von unten hören; sie sprach mit Mum und beruhigte sie. Aber hatte sie denn Recht mit dem Grund für Dereks Weglaufen? Trotz aller Bemühungen ihrer Eltern hatte Sweeney Derek immer weiter drangsaliert. Und als Derek begonnen hatte zurückzuschlagen, hatte man ihn als Unruhestifter abgestempelt. Das Mitleid der Eltern mit Derek hatte sich in Unmut verwandelt in dem Maß, wie er zunehmend in Schwierigkeiten geriet. Aber hatte er das alles vielleicht hauptsächlich getan, um ihre Aufmerksamkeit auf sich zu lenken, genau wie Maxine es jetzt tat? Und war er dann abgehauen, als nicht einmal das geholfen hatte? Sie hatte ihn gehasst damals. Hatte den Kummer gehasst, den er ihren Eltern bereitete. Doch sie konnte sich auch an Zeiten erinnern, in denen Derek zu ihr ins Zimmer gekommen war und ihr stundenlang bei den Hausaufgaben geholfen oder neue Tricks auf seinem Computer gezeigt hatte. Welcher war der wahre Derek?

Sie versuchte sich noch einmal an den Tag zu erinnern, an dem er weggelaufen war. Ein normales Frühstück, so schien es damals. Aber er hatte sie angemotzt und an ihr herumgemeckert. Sie hatte ihn zu schubsen versucht und war dabei vom Hocker gefallen. Mum hatte sie getröstet und sich über Derek aufgeregt.

»Was ist los mit dir heute Morgen?«, hatte sie geschimpft, ohne eine Antwort darauf zu erwarten. »Du bist ja noch schlimmer als sonst. Ich hab es so satt, Derek!«

»Nie hört jemand zu!«, hatte er sie angeschrien. »Warum hört mir keiner von euch jemals zu?«

Wie oft hatte Maxine das inzwischen selbst gedacht?

Dann hatte Derek seinen Rucksack geschnappt und war abgezogen. Das war das Letzte, was sie von ihm gesehen hatte. Der letzte Blick, den er ihr zuwarf, war voller Erbitterung gewesen. Ihre letzte Geste hatte darin bestanden, dass sie ihm trotzig die Zunge herausstreckte. Die letzten Worte ihrer Mutter ihm gegenüber waren eine Drohung gewesen. »Dein Vater und ich werden noch mit dir zu reden haben über dein Benehmen.«

Kein Wunder, dass ihre Mutter nun so heftig um ihn trauerte. Es waren Schuldgefühle. Schuldgefühle, weil vielleicht jene Drohung der Tropfen gewesen war, der das Fass zum Überlaufen brachte. Derek war danach nicht nach Hause gekommen und jetzt würde er es nie mehr tun.

Machte ihre Mutter sich wirklich selbst für sein Weglaufen verantwortlich? Oder, noch schlimmer – machte sie Maxine dafür verantwortlich? Das würde eine Menge erklären.
An der Zimmertür war ein leises Klopfen zu hören. »Kann ich hereinkommen?« Es war Miss Ross; und diesmal galten ihre besänftigenden Worte Maxine.
»Wie geht es dir?«, fragte sie sanft, während sie sich aufs Bett setzte.
»Geht es Mum gut?« Das war das Einzige, was Maxine wissen wollte.
»Ich habe mit ihr gesprochen. Ich weiß, wie schwer es für dich ist. Aber du musst in dieser Situation sehr erwachsen handeln. Gib ihr noch etwas Zeit. Derek ist tot und sie gibt sich große Mühe, damit fertig zu werden.«
Miss Ross berührte ihre Hand, drückte sie. »Da ist irgendetwas, was du mir nicht erzählst. Ich bin hier, weil ich dir helfen will. Du musst mir vertrauen.«
Miss Ross würde wissen, was zu tun war. Sie brauchte eine vernünftige Person wie Miss Ross. Miss Ross mochte sie, während sie sich dessen bei Cam keineswegs sicher war. Ach, sie war völlig durcheinander!
»Sie werden mich für verrückt halten. Es klingt auch verrückt.«
Miss Ross rückte mit aufmerksamer Miene näher. »Sag, was es ist, Maxine.«
Maxine seufzte. »Es sind Dinge passiert. Dinge, die ich nicht verstehe. Seltsame Dinge . . .«

Genau in diesem Moment öffnete sich die Tür und Dad kam herein. Er bemerkte den Blick, den die beiden wechselten. »Störe ich? Ein Gespräch unter Frauen, ja? Soll ich gehen?«
Er versuchte locker zu klingen, aber Maxine erkannte, dass sein Bedürfnis zu reden ebenso groß war wie ihres.
»Nein, Dad, komm rein.«
Miss Ross konnte ihre Enttäuschung nicht völlig verbergen. Sie stand auf und machte widerwillig Anstalten zu gehen. Maxine verstand sie. Sie konnte es nicht ausstehen, wenn eine Fernsehsendung genau im spannendsten Moment durch eine Werbepause unterbrochen wurde. Oder ein atemberaubend spannender Roman durch ein Kapitelende. Dies war eine Werbepause.
»Vielleicht kann ich Sie morgen früh treffen?«, fragte Maxine vorsichtig.
Miss Ross lächelte und streichelte ihre Hand. »Ja. Du kannst morgen früh mit mir reden.«
»Ich begleite Miss Ross nach draußen«, sagte Dad, »und dann . . .«
Maxine sprang vom Bett auf. Es ging ihr schon besser. »Ich gehe nach unten. Vielleicht können wir sogar diesen bescheuerten Videofilm zu Ende gucken.«
Mum war ins Bett gegangen. Sie waren alleine. Sie redeten nicht. Aber an diesem einen Abend fühlte Maxine sich Dad näher als seit langem.

Am nächsten Morgen erschien Mum nicht zum Frühstück und Dad verlor kein Wort darüber. Er fuhr zur Arbeit mit dem Versprechen von Maxine, dass sie nicht herumtrödeln und zu spät zur Schule kommen würde.
Maxine hatte nicht vor zu trödeln. Sie freute sich darauf, Miss Ross zu treffen und sich alles von der Seele zu reden.
Dad war schon weg und Maxine gerade dabei zu gehen, als das Telefon klingelte. Sie blieb einen Augenblick stehen, die offene Haustür in der Hand, und fragte sich, ob sie abheben sollte. Ihre Neugier siegte und sie nahm den Hörer ab. Sie war bereit zu schreien, zu brüllen, wenn es wieder jene heisere Flüsterstimme war. Aber sie erhielt keine Gelegenheit dazu.
»Maxie, bitte leg nicht auf! Du musst dich mit mir treffen. Du musst mich alles erklären lassen. Triff dich mit mir. Bitte. In St. Jude's nach der Schule. Ich weiß, dass du dorthin gehst. Ich hab dich beobachtet.« Ein plötzlicher, scharfer Atemzug. »Da kommt jemand. Ich muss gehen. Sag keinem etwas. Keinem! Versprich mir das.«
Dann war die Leitung tot.

Fünfzehntes Kapitel

Sie wollte es nicht glauben. Sie konnte es nicht glauben. Sie wollte aufschreien, nach Mum rufen. Sie fragen, was sie tun sollte. Aber Mum lag noch im Bett. Sie war ziemlich fertig und dieser Anruf würde sie noch mehr fertig machen. Es war ein übler Scherz. Geister rufen nicht an. Daran musste sie sich festhalten.

Nein. Das war kein Geist. Und es war nicht Derek. Derek war tot und begraben und würde nie wiederkommen. Dad hatte die Leiche identifiziert. Maxine war auf der Beerdigung gewesen. Sie hatte sogar geweint.

Nein. Es war nicht Derek. Lebendig oder tot, Derek konnte nie derart hinterhältig sein.

Es musste doch Sweeney sein. Sweeneys Name war gleichbedeutend mit Grausamkeit.

Aber der Unbekannte wollte sie in der Kirche treffen. Würde Sweeney es riskieren, das Haus Gottes zu betreten? Sie glaubte es nicht. Irgendwie war sie überzeugt, dass Sweeney wie Dracula zu Staub zerfallen würde, wenn er sich in eine Kirche wagte. Doch der Unbekannte wusste, dass sie St. Jude's aufsuchte. Er war ihr gefolgt – hatte sie nicht ständig das Gefühl gehabt, beobachtet zu werden? Gut, sie würde sich mit ihm treffen. Sobald sie die Entscheidung getroffen hatte, konnte sie es sogar kaum noch erwarten, ihn zu treffen. Und wenn es so weit war ... dann hatte sie eine Überraschung für ihn auf Lager. Es sollte ihm gründlich Leid tun, dass er je versucht hatte Maxine Moody an der Nase herumzuführen.

Miss Ross wartete auf sie, als sie aus der Geschichtsstunde kam. Maxine hatte das Versprechen, ihr alles zu erzählen, fast vergessen. Inzwischen gab es so viel mehr zu erzählen.

»Sag keinem etwas«, hatte er sie inständig gebeten.

Der Unbekannte wollte sie alleine abpassen, ihr Angst einjagen. Er dachte, sie würde ihm in die Falle tappen; aber sie hatte ja ihre kleine Überraschung für ihn in petto.

»Wir können im Lehrerzimmer reden.« Miss Ross schob sie freundlich vorwärts.

Sie konnte Miss Ross vertrauen. Allerdings – all das schoss ihr in Sekundenbruchteilen durch den Kopf –, wenn sie Miss Ross von dem jüngsten Anruf erzählte, würde die Lehrerin versuchen sie von dem Treffen in der Kirche abzuhalten. Sie würde auf die Gefahren hinweisen. Oder sie begleiten wollen. Nein. Diese Sache musste sie alleine regeln.

»Ich hab heute Morgen überhaupt keine Zeit, Miss Ross«, sagte sie und wollte sich an ihr vorbeidrücken.

Miss Ross schien irritiert. »Du hast jetzt eine Freistunde. Ich habe nachgeschaut.« Sie fasste Maxine sanft, aber bestimmt am Ellbogen. »Komm. Rein mit dir ins Lehrerzimmer. Ich mache dir einen Tee.«

»Ich kann wirklich nicht heute Morgen.« Sie zermarterte sich das Hirn nach einem Grund, fand aber keinen.

»Ich denke, du hast es nötig, darüber zu reden, Maxine.« Miss Ross drängte sie sacht zur offenen Tür.

Just in diesem Moment entdeckte Maxine Cam, der aus einem der Klassenzimmer kam. »Ich bin mit Cam verabredet.« Sie begann ihm wie wild zuzuwinken, um seine Aufmerksamkeit zu ergattern. Bitte, du musst mich sehen, flehte sie.

»Cam! Cam! Hier bin ich.«

Cam schaute herüber, ebenso verdutzt wie Miss Ross. »Ich?«

Maxine versuchte ihrer Lehrerin zu entwischen. »Ich muss jetzt gehen.«

Miss Ross runzelte die Stirn. »Ich verstehe dich nicht, Maxine.«

Ach, sie wünschte sich so sehr, dass Miss Ross sie verstand. »Geben Sie mir noch ein paar Tage, Miss Ross, dann habe ich Ihnen vielleicht wirklich etwas zu erzählen.«

Mit eiligen Schritten lief sie den Gang hinunter zu Cam. Miss Ross rief hinter ihr her: »Du führst doch irgendwas im Schild, Maxine. Was ist es?«

Sie tat, als hätte sie nichts gehört, und rannte Cam beinahe um.

»Was um Himmels willen ist denn in dich gefahren?«

Sie fing an zu kichern. »Miss Ross ist jetzt überzeugt, dass du mein Freund bist.«
Cam sah völlig entsetzt aus. Er steckte sich zwei Finger in den Hals und tat, als müsste er erbrechen.
»Ha! Das könnte dir so passen!«, sagte Maxine. Miss Ross stand noch vor dem Lehrerzimmer und beobachtete die beiden aufmerksam.
Maxine winkte ihr zu und quetschte aus dem Mundwinkel hervor: »Guck so, als wolltest du mich gerade fragen, ob ich mich mit dir verabrede.«
Cam lachte laut los. Maxine war ziemlich sauer – und zugleich überrascht. Sie hatte Cam noch nie lachen sehen.
»Ich kapier nicht, was daran so lustig ist«, sagte sie. Wie auch immer, irgendetwas an ihrem gemeinsamen Auftritt schien Miss Ross zu überzeugen, denn sie verschwand mit einem Achselzucken im Lehrerzimmer.
»Hör mal, ich soll *dich* fragen, ob du dich mit mir verabredest? Also ehrlich! Da müsste ich schon schwer unter Druck stehen.«
Maxine trat ihm kräftig auf den Fuß und marschierte davon. »Bis dann, Cam. Du bist manchmal reichlich unverschämt.«
Immer noch lachend folgte er ihr. »Hör zu, Maxine, ich wollte sowieso mit dir reden. Um mich zu entschuldigen.«
Maxine traute ihren Ohren nicht. »Was? Du willst dich bei mir entschuldigen?«
Cam zuckte mit den Schultern. »Ja, du hast mich gebe-

ten dir zu helfen, aber ich war nicht gerade eine große Hilfe, oder? Das tut mir Leid.«

»Stimmt. Aber es ist schon in Ordnung«, sagte Maxine ruhig. »Ich weiß inzwischen, dass jemand mich an der Nase herumzuführen versucht.«

Etwas an ihrem Tonfall machte Cam sofort misstrauisch. »Ist was passiert?«

Sie sehnte sich danach, es ihm zu sagen. Er war die einzige Person, mit der sie darüber reden konnte. Aber sie wusste, was dann passieren würde. Er würde – genau wie Miss Ross – die ganze Sache an sich reißen. Immerhin war er ein Junge und älter als sie. Das würde er ihr gegenüber herauskehren. Und dass sie nicht alleine gehen sollte. Dass sie überhaupt nicht gehen sollte.

Kam nicht in Frage!

Sie hätte ihn gerne eingeweiht, aber sie ließ es bleiben. Nicht diesmal. Nicht, bevor alles vorbei war. Dann konnte sie ihm erzählen, wer hinter diesen Anrufen steckte.

»Es *ist* doch was passiert«, sagte er und erkannte an ihrem Zögern, dass er richtig lag. »Noch ein Anruf? Hast du ihn wieder gesehen?«

Sie begann den Gang entlangzurennen. »Ruf mich heute Abend an, Cam. Dann hab ich dir was zu berichten. Versprochen.«

Und sie würde ihm wahrhaftig etwas zu berichten haben. Denn heute nach der Schule wollte sie sich mit dem geheimnisvollen Jungen treffen, der sich als Derek ausgab.

Sechzehntes Kapitel

Die Kirche von St. Jude war leer, als sie hineinging, die Seitenaltäre lagen in düsterem Schatten. Dennoch hatte eine nachmittägliche Kirche wie diese etwas Tröstliches. Leise schloss Maxine das Portal hinter sich und hielt einen Augenblick inne, um dem gedämpften Verkehrslärm draußen nachzulauschen. Sie schien meilenweit von allem entfernt zu sein. Es war unglaublich still hier drinnen. Das einzige Geräusch, das sie innerhalb der Kirche vernahm, war ihr eigenes Atmen.

Nun war sie also da. Aber war außer ihr jemand im Raum?

Ihre Schritte klapperten auf dem Fliesenboden und hallten zum Gewölbe hinauf. Ein plötzlicher Sonnenstrahl fiel durch das Buntglasfenster und übersäte die Kirche mit unzähligen Farbsprenkeln. Dann trat erneut eine Wolke vor die Sonne und die Kirche schien noch dunkler als zuvor.

Maxine kniete vor den brennenden Kerzen am Altar des heiligen Antonius nieder. In der Kirche war niemand, dessen war sie sich sicher. Vielleicht war es eine Dummheit von ihr gewesen, zu kommen. Sie warf einen Blick

auf die Uhr. Zehn Minuten würde sie warten, so beschloss sie, und wenn bis dahin niemand aufgetaucht war, wollte sie wieder gehen.
Sie blickte zum Gesicht des heiligen Antonius auf. Die flackernden Kerzenflammen ließen die Statue fast lebendig erscheinen, die Augen schauten sie an. Blinzelten sogar hin und wieder. Sie fürchtete sich nicht vor ihm, wie er da in seiner Nische stand und den Jesusknaben auf dem Arm hielt. Er war immer ihr Lieblingsheiliger gewesen.
Plötzlich öffnete sich das Westportal und Maxine fuhr zusammen. Licht strömte in die Kirche, jemand trat herein. Maxine konnte nicht sehen, wer es war, weil eine steinerne Säule ihr die Sicht versperrte. Klack, klack, klack. Schritte, die das Seitenschiff entlangkamen. Jeden Moment würde die Person, zu der die Schritte gehörten, auftauchen. Maxine straffte sich.
Es war eine alte Frau, die eilig auf den Altar der Muttergottes zustrebte. Eine Welle der Erleichterung überflutete Maxine. Die neu Angekommene entdeckte das junge Mädchen in Schuluniform, das vor dem heiligen Antonius kniete, und ihre Augen lächelten wohlwollend. Maxine beobachtete sie genau. Halb rechnete sie damit, dass die Alte ihre Verkleidung abwerfen und sich verwandeln würde in . . . in wen? In Romanen machten gewiefte Betrüger so etwas ständig.
Die alte Frau fasste in ihre Tasche; Münzen klingelten und fielen klimpernd in den Kasten, bevor sie nach einer

Kerze griff. Wenn sie eine dieser alten Frauen war, die stundenlang den Rosenkranz beteten, war Maxines Anwesenheit reine Zeitverschwendung. Solange sie da war, würde niemand auftauchen.
Doch die alte Frau blieb nur kurze Zeit knien, dann erhob sie sich mühsam wieder. Sie lächelte und nickte Maxine nochmals zu, danach lief sie, klick-klack, durch das Kirchenschiff zurück.
Maxine warf noch einen Blick auf die Uhr. Die zehn Minuten waren erstaunlich schnell vergangen. Ein paar zusätzliche Minuten, dann würde sie auf jeden Fall verschwinden. Keinen Augenblick länger würde sie in dieser stillen, leeren Kirche herumhängen.
Doch irgendetwas hatte sich verändert. Zunächst war Maxine nicht klar, was es war. Sie schaute sich überall um, sah aber nichts, keine Bewegung. Doch als sie kurz den Atem anhielt, begriff sie sofort.
Jemand atmete leise und regelmäßig ganz in ihrer Nähe. Sie war nicht mehr allein.
Woher war er gekommen? Sie hätte doch garantiert gehört, wenn jemand die Kirche betreten hätte, es sei denn, dieser Jemand war tatsächlich ein Geist. NEIN! Sie verdrängte den Gedanken. Sie wollte sich nicht fürchten. Sie war hier, um diese Sache ein für alle Mal zu beenden.
»Also gut, wo bist du?«, fragte sie und ihre Stimme schallte bis hinauf zu den höchsten Dachbalken.
Zuerst hörte sie keine Antwort, nur jenes langsame, gleichmäßige Atmen irgendwo in der Nähe.

Dann . . . »Ich bin hier, Maxie.« Die Stimme war nicht mehr als ein Wispern. Sie schien vom heiligen Antonius selbst zu kommen. Maxine sog scharf die Luft ein und blickte zu den flackernden Augen hinauf.

»Ich bin hier, in der Nische.« Sie starrte hinein, aber hinter der Statue war es dunkel und sie konnte nur einen vagen Umriss, einen undefinierbaren Schatten ausmachen.

Sie schob die Hand in die Tasche. Sie war auf alles gefasst. »Komm heraus und zeig dich. Ich habe genug von deinen albernen Spielchen.«

»Das ist kein albernes Spielchen. Ich bin dein Bruder. Du musst mir glauben.«

Jetzt, da er es gesagt hatte, glaubte sie ihm noch weniger. »Nein, bist du nicht! Derek ist tot. Tot und drüben auf dem Friedhof begraben.«

»Nein. Das ist ein Junge, mit dem ich irgendwann die Kleider getauscht habe. Wir haben noch gelacht, weil er mir in meinen Klamotten so ähnlich sah.« Fast schien er mit sich selbst zu sprechen. »So lange her . . . Ich kann mich kaum noch daran erinnern. Wie kann ich dich dazu bringen, dass du mir glaubst?«

»Indem du aus dem Dunkel herauskommst, indem du nach Hause zurückkehrst. Indem du hier ins Tageslicht trittst. Lass mich dich anfassen. Lass mich dich sehen. Du bist nicht Derek! Das ist unmöglich!«

»Du weißt nicht, wie es ist, wenn du deinen eigenen Namen auf einem Grabstein liest. Wenn du die Geschichte von deinem Tod in einer Zeitung liest.« Das Geflüster verwandelte sich plötzlich in herzzerreißendes Flehen. »Ich will nicht tot sein, Maxie«, wisperte die Stimme. »Deswegen bin ich zurückgekommen. Ich musste es euch sagen.«

»Was interessiert es dich schon, was wir denken? Du bist einfach abgehauen und hast dich nicht darum gekümmert, wie weh du Mum und Dad tust. Dir geht es nur um dich selbst. Mum ist fast verrückt geworden vor Kummer. Und du sagst, du bist hier. Lebendig. Und machst immer noch keine Anstalten, nach Hause zu kommen. Und dann wunderst du dich, warum ich dir nicht glaube!«

Bei diesen lauten, heftigen Worten wurde ihr wieder bewusst, warum sie ihm misstraute. »Ich weiß, dass du nicht Derek bist. Weil Derek nie so gefühllos sein könnte.«

Als die Stimme wieder sprach, schwang Verzweiflung in ihr mit. »Ich kann nicht nach Hause. Es würde alles wieder von vorne anfangen.«

»Ich glaube dir kein Wort, solange ich dein Gesicht nicht sehe. Dich berühre. Ich glaube dir nicht, dass du mein Bruder bist! Du bist irgendein mieser Kerl, der mir Angst einjagen will!«

Ein lang gezogener Seufzer ertönte. »Du willst mich sehen ... Gut, du sollst mich sehen ...«

Genau in diesem Augenblick wurde die Tür der Sakristei aufgerissen. Jemand, von Maxines zornigem Reden alarmiert, betrat die Kirche.

Plötzlich begann sich der heilige Antonius zu bewegen.

Er begann sich nach vorn zu neigen. Maxine stieß einen Schrei aus. Aus und vorbei! Jetzt kam er sie holen! Aber sie war gewappnet. Sie fasste noch einmal in ihre Tasche, packte den Alarmmelder und löste ihn aus. Den Alarmmelder, den sie für den Notfall aus der Handtasche ihrer Mutter genommen hatte. Und dies war eindeutig ein Notfall.

Ein gellender Pfeifton zerriss die Luft. Maxine stolperte rückwärts und ihr Schrei klang fast so laut wie der Alarm. Der heilige Antonius stürzte ihr entgegen. Die große Statue, die sie um einiges überragte, kam rasch auf sie zu. Er würde auf sie fallen!

Und dann wurde sie zur Seite gezerrt, während gleichzeitig die Statue auf den Fliesenboden krachte. Der alabasterne Heilige zersprang in tausend Stücke, überall flogen Schutt und Staub umher.

»Maxine! Bist du in Ordnung? Was ist passiert?«

Es war Pater Matthew.

»Ich weiß nicht, Pater.«

Er nahm ihr den Alarmmelder aus der Hand und schaltete ihn aus.

»Er ist einfach umgefallen, Pater. Ich habe ihn überhaupt nicht berührt. Ehrlich.«

»Natürlich nicht.« Er betrachtete den Alarmmelder, irritiert, dass sie solch ein Ding bei sich hatte. »War noch jemand hier?«

»Wieso? Haben Sie noch jemand gesehen?« Sie sagte es zu schnell. Misstrauen trat in seine Augen.

»Ich habe dich schimpfen hören. Mit wem?«
Sie musste sich schnell etwas ausdenken. Und das tat sie. »Mit ihm!« Sie deutete auf die Überreste des heiligen Antonius. »Ich habe immer zu ihm gebetet und er hat mich im Stich gelassen. Wahrscheinlich ist er absichtlich auf mich heruntergesprungen, um es mir heimzuzahlen.«
Pater Matthew brachte ein Lächeln zu Wege. »Ich glaube kaum, dass der heilige Antonius so etwas tun würde. Es war ein Unfall.« Er schob sie in eine Bankreihe. »Bleib hier sitzen. Ich hole meine Autoschlüssel. Ich bringe dich nach Hause.«
»Ich helfe beim Saubermachen«, bot sie an, aber Pater Matthew war entschlossen.
»Ich bin gleich wieder da«, sagte er und lief mit schnellen Schritten in die Sakristei zurück.
Während sie wartete, wurde Maxine bewusst, dass sie zitterte. Ihr war zum Heulen zu Mute. Die Statue des heiligen Antonius, die zerschmettert zu ihren Füßen lag, hätte sie erschlagen können. Hatte er sie absichtlich umgeworfen? Und wer war er? Es befand sich niemand mehr in der Nische. Wohin war er verschwunden? Sie hatte ihn nicht weglaufen hören und hatte ihn nicht gesehen. War er ein Geist? Dereks Geist? Sie hatte Angst und war im Moment zu durcheinander, um irgendeinen klaren Gedanken zu fassen. Sie brauchte Zeit, um ihre Gedanken zu sortieren.
Unverhofft wurde die Kirche von der Sonne erleuchtet

und in der plötzlichen Helligkeit zog etwas Glänzendes zwischen den Trümmern Maxines Aufmerksamkeit auf sich. Sie konnte nicht genau erkennen, was es war. Sie stand von ihrem Platz auf, bückte sich und hob es auf. Es war eine lange Goldkette mit einem Christophorus-Medaillon daran.

Noch bevor sie die Inschrift auf der Rückseite entzifferte, wusste sie genau, wie sie lautete.

DEREK MOODY

Siebzehntes Kapitel

Die erste Reaktion ihrer Mutter, als sie zusammen mit Pater Matthew ins Haus kam, war: »Was hat sie diesmal angestellt?«

Maxine hatte sich ihr um den Hals werfen wollen. Sie hatte sich von Mum die Bestätigung erhofft, dass das Medaillon in ihrer Tasche nicht von Derek sein konnte. Dass Derek nicht in der Kirche gewesen sein konnte. Dass Derek tot war, für alle Zeiten fort.

Stattdessen musste sie sich mit Mums Leidensmiene und ihrer ungehaltenen Frage abfinden.

»Gar nichts hat sie angestellt, Mrs Moody«, sagte Pater Matthew rasch und fügte hinzu: »Sie war sogar sehr anständig. Sie hat dem heiligen Antonius eine Kerze angezündet.«

Du meine Güte, wenn er wüsste!

Ihr Vater kam aus der Küche, die Brille auf die Nase geklemmt und ein Hühnchen unter dem Arm. Das sah so komisch aus, dass es Maxine zum Lachen reizte.

»Irgendwas muss vorgefallen sein«, sagte er. »Warum sonst haben Sie Maxine nach Hause begleitet?«

»Sie hat sich ein bisschen erschreckt. Ich fürchte, der

heilige Antonius hat sich nicht sehr dankbar für die Kerze gezeigt.« Er lachte ein wenig. Geistliche und Humor, dachte Maxine. Ein hoffnungsloser Fall. »Die Statue ist fast auf sie gestürzt.«

Mum wurde kreidebleich und ließ sich vorsichtig auf einem Stuhl nieder. Vielleicht bin ich ihr doch nicht egal – diese Vorstellung ließ Maxine alles erträglich erscheinen. Sie hielt jedoch nur nur einen kurzen Moment an.

»Ich habe nichts abbekommen, Mum, ehrlich.«

Mum schüttelte den Kopf. »Du hast für Derek gebetet.« Sie fragte nicht. Sie traf eine Feststellung. »Und die Statue ist heruntergefallen. Verstehst du nicht, das muss etwas zu bedeuten haben.«

»Ja! Es bedeutet, dass ich fast platt gemacht worden bin.« Sie wusste, dass ihre Antwort frech war. Es war ihr egal.

Dad setzte sich ebenfalls hin und deutete mit dem Hühnchen auf seine Frau. »Es bedeutet gar nichts. Und versuch nicht etwas hineinzuinterpretieren.«

Pater Matthew gab ihm Recht. »Es war lediglich ein unglücklicher Zufall. Das ist alles.«

Dad schaute Maxine an. »Du hast die Statue nicht angefasst, oder? Sie angestoßen oder so?«

Eigentlich, das merkte sie, wollte er von ihr hören, dass sie genau das getan hatte. Dass sie an dem Ganzen schuld war. Wie auch sonst an allem. Aber sie würde sich nicht zum Sündenbock machen lassen. »Nein. Hab ich nicht.«

»Kurzzeitig hatte ich geglaubt, es wäre noch jemand da.« Pater Matthew sah sie forschend an. »Aber Maxine sagt, da war niemand.«
»Das stimmt auch! Warum sollte ich lügen?« Die Augenbrauen ihres Vaters schossen in die Höhe. Es stand ihr nicht zu, so mit einem Geistlichen zu reden.
Dad warf Pater Matthew einen Blick zu, aber der zuckte mit den Achseln.
»Es war schlichter Zufall, Mrs Moody. Ich habe immer darauf hingewiesen, dass er nicht abgesichert ist.« War das eine kleine Unwahrheit, fragte sich Maxine, um die Sache zu entschärfen?
Mum schaute zu ihm hin, aber sie nahm ihn nicht wahr. Sie dachte an eine ganz andere Person. Es gibt keine Zufälle. Alles hat eine Ursache. Einen tieferen Sinn. Mum erinnerte sich daran. Glaubte daran.
Sie boten Pater Matthew einen Tee an, aber er lehnte ab. Er musste eine Nachmittagsandacht im städtischen Gefängnis halten.
»Könnte Maxine mich vielleicht zu meinem Wagen begleiten?« Er wollte mit ihr reden. Es spielte keine Rolle, dass sie nicht mit *ihm* reden wollte.
»Ich weiß, dass es so aussieht, als wollten sie dir die Schuld zuschieben«, sagte er, sobald sie draußen waren.
»Das tun sie immer.«
»Nein. Nicht ernsthaft. Nicht im Grunde ihres Herzens. Du bist erst dreizehn, Maxine, aber von dir wird bereits

viel Reife verlangt. Deine Eltern leiden. Dein Vater bemüht sich das Verhalten deiner Mutter zu verstehen und ihr zu helfen. Wenn sie dich vernachlässigen, ist es nur für diese kurze Zeitspanne. Das geht vorüber und ihr werdet wieder eine glückliche Familie.«

Wie sehr wünschte sie sich, dass sie das glauben könnte! Eine glückliche Familie – im Augenblick erschien ihr das wie ein unmöglicher Traum.

»Ich möchte nur, dass du mir eines sagst, Maxine.« Er zögerte und suchte nach den richtigen Worten. »Ich bin dir nicht böse, wenn du mich vorher angelogen hast, und ich denke, das hast du getan.«

Maxine errötete unwillkürlich. »Aber jetzt möchte ich die Wahrheit wissen. Es war noch jemand in der Kirche.« Er sah sie durchdringend an, mit blauen Augen, die bis in ihre Seele vorzudringen schienen. »Wer war es, Maxine?«

Sie schluckte und versuchte diesem hypnotischen Blick auszuweichen. »Du bringst niemanden dadurch in Schwierigkeiten. Es war ein Unfall. Ich möchte nur wissen, wer bei dir war. War es jemand, vor dem du Angst hast?«

»Wie kommen Sie darauf, Pater?«

»Du hattest doch einen Alarmmelder in der Tasche. Wie kam es, dass du ihn ausgelöst hast?«

Sie stolperte über ihre eigenen Worte. »Es w-war die Statue, die herunterfiel. Ich hab mich erschreckt.«

Er wartete einen Moment. Maxine sagte nichts mehr.

»Ich begreife nicht, warum du es mir nicht erzählen kannst.«
Wie viel würde er verstehen? Konnte sie es ihm denn erzählen? Immerhin war er ein Geistlicher. Sie spielte nervös mit der Goldkette in ihrer Tasche. Pater Matthew wartete auf eine Antwort.
Und welchen Sinn hatte es, wenn sie redete? Sie wusste ja nicht einmal, wo sie anfangen sollte. Es war einfach zu kompliziert. Also sagte sie nichts. Schließlich senkte sie die Augen und schaute von ihm weg.
Er schien weder gekränkt noch sauer. Nur ratlos. Er stieg in sein Auto und ließ das Fenster herunter. »Wenn du so weit bist, dass du reden willst, Maxine, bin ich da. Hab Vertrauen zu mir.« Dann fuhr er los.

Beim Essen wurde nicht groß über den Vorfall geredet. Es war zu spät geworden, um das Huhn zu kochen, stattdessen hatten sie sich etwas aus dem Gefrierschrank geholt. Mum war in ihrer eigenen Welt; vor dem Nachtisch stand sie schweigend auf und ging ins Wohnzimmer hinüber. Dads Augen folgten ihr.
»Und das da eben hat die Sache nur noch schlimmer gemacht«, sagte er.
Maxine knallte ihre Gabel auf den Tisch. Auf einen solchen Kommentar hatte sie gewartet. »Ich hab's nicht mit Absicht getan.«
»Ich weiß. Ich weiß.« Dad beugte sich über den Tisch und fasste ihre Hand. »Es tut mir Leid, Maxine.« Einen

Moment saß er stumm da. »Ich komme einfach nicht mehr an deine Mutter heran. Sie braucht professionelle Hilfe.«

Maxine erschrak. »Wie meinst du das, Dad? Glaubst du, sie ist ... verrückt geworden?«

»Natürlich nicht«, sagte er sofort. »Mum hat eine Menge durchgemacht. Sie muss sich von der Vergangenheit lösen. Ich kann ihr anscheinend nicht dabei helfen. Ein Spezialist vielleicht schon.«

Immerhin bekam Mum keine Telefonanrufe oder hörte Stimmen in der Kirche. In dieser Sekunde hätte Maxine alles darum gegeben, sich ihrem Vater anvertrauen zu können; und doch hätte sie die Situation damit nur weitaus verschlimmert.

Aber sie konnte eine bestimmte Frage stellen, ohne Misstrauen zu erregen.

»Hast du irgendwelche Dinge von Derek zurückbekommen?«

Die Frage schien ihn zu überraschen. »Nicht seine Kleidung, falls du das meinst.«

»Nein. Ich meinte sein Christophorus-Medaillon, das ich ihm zum Geburtstag geschenkt habe.« Sie deutete zur Fotografie auf dem Dielentischchen. »Ich wollte dich fragen, ob du es zurückbekommen hast.«

»Nein. Du weißt, sein Leben war rau. Die Polizei meinte, der Goldanhänger wäre im Zweifelsfall das Erste gewesen, was er verkauft hätte, um etwas zu essen zu kriegen.«

»Du glaubst, er hat es an jemanden verkauft?«
»Oder jemand hat es gestohlen. Das ist wahrscheinlicher.«
Er drückte ihr fest die Hand. »Es tut mir so Leid. Das wäre ein schönes Andenken für dich gewesen. Aber ich fürchte, wir bekommen Dereks Christophorus-Medaillon nicht mehr zu sehen.«

Achtzehntes Kapitel

Cam rief um sieben an. Um ein Haar hätte sie ihn vergessen. An diesem Tag hatte sie so viel erlebt. Am Telefon konnte sie unmöglich reden, deshalb verabredeten sie sich in Simmys Spielothek.

»Ich geh mal eben weg, Dad«, rief sie in die Küche. Die Begründung hatte sie fix und fertig, sie lag ihr bereits auf den Lippen. Vier Mädchen aus ihrer Klasse trafen sich für ein Schulprojekt. »Bei wem?«, würde er fragen und sie würde antworten: »Wir treffen uns zuerst und entscheiden dann. Ich ruf dich an, keine Sorge.«

Das klang glaubhaft und vernünftig und bedeutete zugleich, dass die Eltern keinen Kontrollanruf machen konnten. »Hast du gehört, Dad? Ich gehe weg.«

Dad erschien in der Küchentür. »In Ordnung«, sagte er nur. »Komm nicht zu spät.«

So viel zu ihrer Ausrede. Sie hätte es wissen sollen. Es spielte keine Rolle, wohin sie ging. Inzwischen war es ihnen egal.

Cam forderte gerade wieder Mighty Zola heraus, als sie die Spielothek betrat. Und gewann. Sein Name rangierte ganz oben auf der Liste der Mighty Champions. Mighty Max war längst erledigt.

Weshalb vertraute sie eigentlich diesem Oberschlaumeier ihre Probleme an? Und genau das war natürlich die Antwort. Eben weil er so oberschlau war.

»Okay, was ist so Geheimnisvolles passiert, dass du es mir nicht am Telefon sagen konntest?«

Sie zog ihn von Mighty Zola weg in eine ruhige Ecke und erzählte ihm alles, was sich ereignet hatte. Er verzog keine Miene. Selbst als sie in drastischen Einzelheiten (unter Hinzufügung von ein paar Details, damit es spannender klang) schilderte, wie die Statue sie beinahe zermalmt hätte. Konnte ihn denn nichts überraschen? Schockieren? Erschrecken?

Zuletzt zog sie das Medaillon aus der Tasche und zeigte es ihm.

Er nahm es, schlang die Kette um seine Finger und legte den Anhänger auf die Handfläche. »Bist du sicher, dass das Derek gehört?«

»Ich muss es wohl wissen. Ich habe es für ihn gekauft.«

Er studierte das Medaillon so lange, dass Maxine ungeduldig wurde. »Sag bloß nicht, dass Geister keine Geschenke zurücklassen. Ich weiß das. Es war kein Geist.«

Er sagte nichts.

»Ja, verstehst du denn nicht, was das bedeutet? Derek muss noch am Leben sein.« Sie redete weiter, als er ihr immer noch nicht antwortete. »Ich weiß nicht, wieso, aber er muss am Leben sein.«

»Du hast ihn nicht wirklich gesehen.«
»Ich habe jemand gesehen.«
»Aber du könntest nicht beschwören, dass es Derek war.«
»Es war Derek, er muss es gewesen sein. Das Medaillon!«
»Warum ist er nicht einfach herausgekommen und hat sich dir gezeigt? Das hätte dich überzeugt. Die Kirche war leer. Es bestand keine Gefahr.«
Da schoss ihr plötzlich durch den Kopf, dass die Kirche vielleicht gar nicht leer gewesen war. Hatte Pater Matthew irgendwo im Halbdunkel gewartet und ihrem Gemurmel gelauscht? Heimlich hinter der Sakristeitür versteckt? Sie sagte Cam das alles.
Seine Erklärung für Pater Matthews späteres Verhalten war einfacher. »Pater Matthew hält dich wahrscheinlich schlicht für bescheuert, weil du vor einer Statue Selbstgespräche geführt hast.«
Sie marschierte eingeschnappt davon. Er lief hinter ihr her. »Ich versuche nur logisch zu denken.«
»Oh, Mister Spock kehrt zurück! Übrigens, du warst es doch, der mich als Erster die Idee aufgebracht hat, dass Derek noch leben könnte. Du hast gesagt, es gibt drei Möglichkeiten.« Sie ahmte ihn mit Singsangstimme nach. »Erstens: Jemand versucht mir einen üblen Streich zu spielen. Zweitens: Derek ist ein Geist . . . Oh, ich habe ja ganz vergessen, Geister rufen nicht an. Streich das. Und dann gibt es eine dritte Möglichkeit: Derek lebt und

ist wohlbehalten und hält sich hinter der Statue des heiligen Antonius auf! Tja, so ist es. Das Medaillon beweist es. Klugscheißer!«

Sie klang albern. Sie merkte es und errötete bis an die Haarwurzeln.

Cam schien es nicht zu sehen. »Inzwischen denke ich, es gibt unter Umständen noch eine weitere Möglichkeit.«

Maxine konnte sich beim besten Willen nicht vorstellen, was das sein sollte. »Und?«, fragte sie.

»Derek ist schon lange weg. Ihr wisst nicht, an was für Leute er geraten ist. Vielleicht an nicht sehr nette Leute. Womöglich hat er irgendwem alles über seine Familie erzählt und die betreffende Person hat ihm sein Medaillon gestohlen und jetzt, wo Derek tot ist, will diese Person euch glauben lassen, dass sie Derek ist. So jemand wäre gefährlich.« Er zögerte. »Maxine, die Frage ist, ist die Statue von alleine gefallen ... oder wurde sie heruntergestoßen?«

Neunzehntes Kapitel

»Ich glaube, du musst dir klar machen, dass du es hier möglicherweise mit jemand Gefährlichem zu tun hast. Meines Erachtens ist es an der Zeit, dass du der Polizei erzählst, was passiert ist.«

Die Vorstellung schreckte sie ab. »Die Polizei! Du machst Witze! Und was soll ich ihnen erzählen? Ich habe einen Anruf von meinem toten Bruder bekommen. Er hat mich mit einer Statue zu erschlagen versucht. Die verfrachten mich doch in die Klapsmühle.«

»Du musst es jemand erzählen. Es ist nicht in Ordnung, dass du das mit dir alleine ausmachst.«

»Aber nicht meinen Eltern«, sagte sie. Sie stellte sich die Szene vor – wie sie es ihrer Mutter erzählte und zusah, wie deren Gesicht vor Hoffnung aufleuchtete. Derek war am Leben! Und dann wieder das Versinken in Verzweiflung. In noch größerer Verzweiflung, wenn die Wahrheit ans Tageslicht kam. Nein, das konnte sie ihr nicht antun.

»Ich kann das nicht mit meinen Eltern bereden, Cam. Meine Mutter steht kurz vor einem Nervenzusammenbruch. Ich habe gehört, wie mein Vater das zu Pater Matthew gesagt hat. Diese Geschichte könnte ihr den

Rest geben. Und meinem Vater auch, wenn das noch lange so weitergeht. Er wird abhauen und nicht mehr zurückkommen, genau wie Derek.«
»Ich dachte, deine Eltern sind dir egal.«
Bestimmt sah er die Tränen in ihren Augen. Aber vor ihm würde sie nicht zu heulen anfangen. Sie schniefte und verdrängte die Tränen.
»Weißt du was, Maxine?«, redete er weiter und seine Stimme klang erstaunt. »Du bist wirklich in Ordnung.«
»Versuchst du witzig zu sein?«, fragte sie bissig.
Cam trat einen Schritt zurück. »Das sollte ein Kompliment sein. Es überrascht mich selbst genauso wie dich.«
»Du bist echt der abscheulichste Typ, der mir je begegnet ist!«
»Und du bist das seltsamste kleine Mädchen, das ich je kennen gelernt habe.«
Er musterte sie, als sei sie ein fremdartiges Wesen in einem Forschungslabor. Genau. Ein fremdartiges Wesen.
»Untersteh dich mich ein kleines Mädchen zu nennen! Ich bin fast vierzehn.«
»So führst du dich auch auf.«
Das reichte. Wutentbrannt lief sie weg. Er wusste wahrhaftig, wie er sie auf die Palme bringen konnte. »Ich weiß nicht, wieso ich überhaupt noch mit dir rede!«
Sie rannte den ganzen Weg heimwärts, bis sie ihre von Bäumen gesäumte Straße erreichte. Hier wurde sie langsamer und nahm mit leisem Schaudern wahr, wie dunkel die Nacht war. Wenn Cam Recht hatte, wollte ihr

jemand etwas Böses. Jemand, der jede ihrer Bewegungen zu verfolgen schien.
Während sie die Straße entlangrannte, war kaum ein Geräusch zu hören außer ihren eigenen Schritten. Sie machte einen Satz, als der klagende Laut einer Eule ertönte, und jedes Rascheln in den Bäumen ließ sie zusammenfahren.
Niemand trat plötzlich hinter einem Baum hervor. Niemand sprang ihr aus dem Gebüsch entgegen. Doch auf dem ganzen Heimweg spürte sie, wie ein Augenpaar sie verfolgte. Einbildung? Nein. Daran glaubte sie nicht mehr. Zu viel war geschehen. Da *war* jemand, der sie beobachtete.
An der Haustür blieb sie stehen und schaute in beide Richtungen die Straße hinunter. Sie war menschenleer. Nur eine Katze, die über die Straße huschte, störte die Ruhe.
Und doch war sie sich sicher. Da draußen war jemand und beobachtete sie.

In den nächsten Tagen wurde es zunehmend schwieriger, Miss Ross aus dem Weg zu gehen. Sie versuchte Maxine auf den Gängen abzupassen oder wartete auf dem Schulhof auf sie. Maxine hielt die ganze Zeit Ausschau nach ihr; so gelang es ihr trotz allem, der Lehrerin zu entwischen.
Wem sie nicht entwischen konnte, war Sweeney. Sie schaute gerade aus einem Fenster auf dem Gang und

suchte am Schultor nach Miss Ross, als ihr plötzlich von hinten ein Stoß versetzt wurde.

»Hallo, hier ist ja unsere kleine Maxie-Maus.« Sie drehte sich um und sah ihn vor sich stehen. Sein hässliches graues Gesicht grinste höhnisch wie üblich. »Kaum geh ich raus – immer kleiner wird die Maxie-Maus.« Er lachte über seinen lahmen Scherz. Seine Kumpel um ihn lachten mit. Sie hätten sich nie etwas anderes zu tun getraut.

»Bei mir ändert sich wenigstens was, ich wachse noch. Aber du bist hässlich und hast keine Chance, dass sich das je ändert.«

Sein Gesicht rückte dicht an ihres heran. »Es gibt plastische Chirurgie. Da kann ich immer was machen lassen.«

Maxine schnitt ihm eine Grimasse. »Plastische Chirurgie? So viele Plastikteile, wie dein Gesicht brauchen würde, gibt's auf der ganzen Welt nicht.«

Sweeney stand kerzengerade. Sein Gesicht rötete sich. Ihm fiel keine Antwort ein und er wusste, dass diese Runde an die kleine Maxine Moody gegangen war. Das gefiel ihm absolut nicht.

»Deine Klappe wird langsam größer, als dir gut tut«, zischte er. »Vielleicht wird's Zeit, dass ich dir eine Behandlung verpasse wie deinem Bruder.«

»Vielleicht bist du ja schon dabei«, fauchte sie zurück. »Du steckst doch hinter dem Ganzen. Du versuchst mir Angst einzujagen, oder? Aber du schaffst es nicht. Ich lass das nicht mit mir machen.« Sie wartete seine Ant-

wort nicht ab. »Ich hab keinen Bammel vor dir, Sweeney.«
In Wirklichkeit hatte sie eine Riesenangst. Aber in diesem Moment verdrängte ihre Wut jedes andere Gefühl. »Du hast meinem Bruder keine Sekunde Ruhe gelassen, als er noch am Leben war. Aber jetzt, wo er tot ist, solltest du ihn wahrhaftig besser ruhen lassen.«
Jetzt tauchte plötzlich Cam wie aus dem Nichts auf. Er packte Maxine und drängte sie den Gang entlang vor sich her, weg von Sweeney.
Sweeney tat nichts, um ihn aufzuhalten, er fürchtete, dass Cam wieder einen seiner Karatetricks anwenden könnte. »Klar, zerr sie nur von mir weg«, rief er ihm hinterher. »Eines Tages wird es ihr noch Leid tun! Und dich, Chinese, dich krieg ich auch bald.«
Cam schenkte ihm keine Beachtung. »Bist du wirklich so blöd, Maxine? Du forderst ihn heraus.« Er äffte sie nach. »›So viele Plastikteile gibt's auf der ganzen Welt nicht.‹ Wie kann man so was zu Sweeney sagen!« Dann lachte er. Wahrhaftig, er lachte! »Aber das hat gesessen.«
»Seinetwegen ist das alles passiert, Cam. Alles, was mit Derek, mit meiner Familie passiert ist, ist seine Schuld. Es hat mit ihm angefangen. Ich wollte, ich könnte es ihm irgendwie heimzahlen!«
»Lass dich erst gar nicht auf ihn ein«, sagte Cam langsam. »Das ist die beste Methode, es ihm heimzuzahlen. Damit kann er nicht umgehen. Sweeney ist ein Nichts, Maxine. Und er wird nie etwas anderes sein. Vergiss ihn.«

Irgendetwas regte sich in ihrem Gedächtnis. Was war es? Cam sah ihre verwirrte Miene. »Stimmt was nicht, Maxine?«

Genau in diesem Augenblick wurde es ihr klar. Der Gedanke ließ sie frösteln. »Hast du gehört, wie er mich genannt hat, Cam? Sweeney hat mich Maxie genannt. Niemand außer Derek hat mich so genannt. Sweeney muss hinter dieser Sache stecken, Cam. Es kann nicht anders sein!«

Zwanzigstes Kapitel

Mum war in Hochstimmung, als Maxine nach Hause kam. Offensichtlich hatte sie wieder eine Sitzung mit Luella Oribine gehabt.

Sie trug eine Miene zur Schau, die besagte: »Niemand nimmt mir dieses Gefühl weg.« Trotzig. Eine Warnung an Maxine oder Dad, auch nur ein Wort zu sagen. Dad stocherte in seinem Essen und schob es mit der Gabel auf dem Teller umher.

Der Anblick der beiden überzeugte Maxine erneut, dass sie Recht hatte. Sie konnte ihnen unmöglich etwas erzählen.

An diesem Abend lag sie im Bett und betastete Dereks Anhänger. Hatte Cam Recht? Hatte jemand ihn gestohlen? Und war der Betreffende die Person, die sie jetzt terrorisierte? Oder war es tatsächlich Sweeney? Hatte er Derek den Anhänger entwendet, bevor Derek verschwunden war? Sie wünschte, sie hätte sich erinnern können, ob Derek das Medaillon an jenem Tag getragen hatte. Ich wette, dachte sie, dieser Anhänger könnte das ganze Rätsel lösen, wenn er sprechen könnte.

Die Zimmertür öffnete sich und Mum kam herein. Eilig

stopfte Maxine den Anhänger unter ihr Kopfkissen. Mum durfte ihn nicht sehen.

»Ich wollte dir Gute Nacht sagen und mich entschuldigen.« Mum setzte sich auf den Bettrand und strich Maxine über die Haare. Das hatte sie schon so lange nicht mehr getan, dass es für Maxine unerwartet kam. Sie wich zurück.

»Ich kann dich verstehen, Maxine. Kein Wunder, dass du mir nicht mehr vertraust. Ich habe dich vernachlässigt. Ich war so mit meinen eigenen Problemen beschäftigt, dass ich nicht über deine nachgedacht habe.«

Maxine blieb unwillkürlich der Mund offen stehen. Woher rührte diese plötzliche Anteilnahme? Mums nächste Worte verrieten es ihr.

»Derek hat gesagt, ich muss mich um dich kümmern.«

Maxine fröstelte.

»Ich weiß, dass es für dich schwer zu verstehen ist, aber ich finde Trost darin. Ich fühle mich dadurch besser.« Ihre Mutter wuschelte ihr durchs Haar. »Wenn ihr mir einfach Zeit lasst, geht es mir irgendwann besser.«

Ja, dir geht es irgendwann besser, dachte Maxine, als sie ihre Mutter den Raum verlassen sah. Aber du wirst Derek nicht loslassen, niemals.

Wieder einmal erwachte der Ärger in ihr. Welches Recht hatte Derek, von irgendwoher zurückzukommen und sich in ihr Leben einzumischen? Er sollte sich lieber darum kümmern, als Engel Harfe spielen zu lernen! Sie hatte gute Lust, dieser Wahrsagerin den Marsch zu blasen.

Und plötzlich fiel es ihr auf: Wenn Derek ständig Botschaften hin und her schickte, als wäre er die Königliche Post persönlich, warum schickte er ihr dann keine? Warum erklärte er ihr nicht, was genau hier vor sich ging? Sie würde Mrs Luella Oribine aufsuchen. Sie wollte Derek selbst danach fragen.

Am nächsten Tag um halb vier ging Maxine nicht nach Hause, sondern dorthin, wo Mrs Oribine wohnte. Mum hielt ihre Adresse griffbereit, sie klebte an der Kühlschranktür. Luella Oribine wohnte in einer der Neubausiedlungen am Stadtrand. Ein ausgedehntes, gepflegtes Areal mit Bungalows und ordentlichen Gärten. Mrs Oribines Grundstück war leicht ausfindig zu machen. Es sah genau wie sie aus. Der Garten war ein leuchtendes Farbenmeer, gelbe Ringelblumen, rote Tulpen, hoch gewachsene lila Lupinen. Maxine klingelte und wartete auf Schritte, die zum Öffnen an die Tür kamen. Schließlich erschien Mrs Oribine selbst.
Versuchte diese Frau denn gar nicht ihre Rolle überzeugend zu spielen?, fragte sich Maxine. Hatte sie keinen Berufsstolz? Sie war eine Wahrsagerin, verflixt noch mal, aber nirgends war ein goldener Ohrring zu sehen. Stattdessen stand sie da, die widerspenstigen Haare mit einem knallbunten Tuch zusammengebunden, und eine Zigarette baumelte in ihrem Mundwinkel. Sie hielt eine Flasche mit Reinigungsmittel und einen gelben Staublappen in der Hand.

Sie musterte Maxine und erkannte sie offensichtlich nicht. Dann machte sie einen Schritt an ihr vorbei und schaute in beiden Richtungen die Straße entlang. Maxine folgte ihrem Blick und fragte sich, wonach sie suchte. Schließlich sagte Luella Oribine in scharfem Ton: »Ich will keine.«
Die Frau hatte einen Knall, entschied Maxine.
»Will keine was?«, fragte sie. Mrs Oribine war schon wieder im Haus und wollte Maxine die Tür vor der Nase zumachen. »Ich verkaufe nichts.« Dann fügte sie mit einem wachsamen Blick auf die sich schließende Tür hinzu: »Erkennen Sie mich nicht mehr, Mrs Oribine?«
Die Wahrsagerin trat wieder einen Schritt vor. Maxine konnte ihren Blick nicht von der Zigarettenasche abwenden; es war erstaunlich, dass sie noch nicht zu Boden gefallen war.
»Natürlich, du bist doch die Kleine von den Moodys, oder? Ich dachte, du wärst eins von diesen Kindern, die Makronen verkaufen.« Plötzlich nahm ihr Gesicht einen besorgten Ausdruck an. »Wie geht's deiner Mutter?«
Sie ist fast genauso durchgedreht wie Sie, Mrs Oribine, hätte Maxine antworten können. Stattdessen zuckte sie nur mit den Achseln.
»Was führt dich hierher?« Sie schaffte es, mit der Zigarette zwischen den Lippen zu sprechen, und die Asche hing immer noch gefährlich lose daran. Maxine war beeindruckt.
»Meine Mutter erhält Botschaften. Sie redet über nichts

anderes mehr.« Als Maxine das sagte, huschte ein Anflug von Schuldbewusstsein über Mrs Oribines Gesicht.
»Ach du meine Güte«, sagte sie.
»Ich möchte auch eine Botschaft bekommen«, sagte Maxine, indem sie direkt zur Sache kam. »Ich will mit ihm reden.«
Endlich nahm Mrs Oribine die Zigarette aus dem Mund.
»Ich hatte gehofft, dass das nicht passiert.«
»Erzählen Sie mir nicht, ich wäre zu jung dafür.« Maxine war entschlossen sich nicht abwimmeln zu lassen. »Es ist wichtig. Ich brauche es. Sie müssen mich mit ihm sprechen lassen.«
Wenn sie wieder »ach du meine Güte« sagte, würde Maxine zu kreischen anfangen.
»Du solltest besser hereinkommen, Kindchen«, sagte sie. »Da ist etwas, was ich dir sagen sollte, denke ich.«

Einundzwanzigstes Kapitel

Mrs Oribines Küche war blitzsauber und sehr modern. Sie sah allerdings aus, als wäre sie von drei verschiedenen Designern zusammengebastelt worden. Alles in Weiß und Chrom auf der einen Seite, Holzfurnier auf der anderen und leuchtend rote Arbeitsplatten auf der dritten.

Luella Oribine schob Maxine zu einem Stuhl, der am Küchentisch stand. »Möchtest du etwas zu trinken, Kindchen?«

Maxine schüttelte den Kopf. »Wie haben Sie das eben gemeint – dass es etwas gibt, das Sie mir sagen sollten?«

Mrs Oribine setzte sich Maxine gegenüber und zündete sofort eine neue Zigarette an. Maxine hustete theatralisch, aber die Wahrsagerin schien es nicht zu bemerken. Als Nächstes blies sie Maxine den Rauch sogar direkt ins Gesicht.

»Als ich damals das erste Mal zu euch nach Hause kam, Kindchen, sah ich, wie verzweifelt deine Mutter war. Sie sehnte sich so danach, von ihrem Sohn zu hören. Eine Nachricht, egal was. Und ich dachte . . . was sprach dagegen, wenn es sie doch tröstete?«

Maxine sprang auf. »Wollen Sie damit sagen, dass Sie gar keine Botschaften von Derek bekommen haben?«

»Nichts. Ich hatte nicht mal das Gefühl, dass er sich zu melden versucht.«

»Das ist ja ekelhaft. Sie haben gelogen!« Maxine ließ ihrem Ärger freien Lauf.

Luella Oribine zog sie auf ihren Stuhl zurück. »Du solltest wissen, dass ich so etwas noch nie vorher gemacht habe. Ich bin ein seriöses Medium. Es geht gegen all meine Prinzipien.« Sie zog heftig an ihrer Zigarette. »Ich habe es mit den besten Absichten getan. Das musst du mir glauben.«

»Überhaupt keine Botschaften?«

Sie schüttelte den Kopf. »Ich hatte nie eine mediale Verbindung mit deinem Bruder.«

»Sie sind . . . eine Betrügerin?«

Mrs Oribine verschluckte fast ihre Zigarette und jetzt war sie es, die aufsprang und in der Küche auf und ab zu marschieren begann. »Ich eine Betrügerin? Ich sag dir eins, junge Frau, ich bin ein angesehenes Medium und landauf, landab bekannt.« An dieser Stelle schlug sie mit der Faust auf den Tisch. »Nicht nur in unserem Land. International! Immerhin bin ich gerade nach Japan eingeladen worden. Zu einem internationalen Seminar!«

»Es tut mit Leid«, entschuldigte sich Maxine. »Aber Sie haben gesagt . . .«

Mrs Oribine setzte sich wieder. »Ich weiß, dass ich es nicht hätte tun sollen. Es war falsch. Aber ich dachte, ich

würde es nur ein einziges Mal tun. Um sie zur Ruhe kommen zu lassen. Sie war so verstört.« Nun lächelte sie Maxine an. »Und ich habe eine solche Traurigkeit gespürt in eurem Haus . . . und um euch alle herum, Kindchen. Ich sah, dass ihr eine traumatische Erfahrung durchlebt.«
Traumatisch. Maxine war sich nicht hundertprozentig sicher, was das bedeutete, aber das Wort gefiel ihr.
»Und noch etwas. Ich sehe es jetzt. Es umgibt dich wie eine Aura. In deinem Leben geht etwas vor sich. Etwas Beängstigendes und es steht alles in Verbindung mit deinem Bruder.«
Maxine überlief ein Schauer. Sie erinnerte sich jetzt an Luellas irritierte Miene an jenem Abend nach der Séance. Vielleicht hatte sie wirklich eine besondere Gabe.
»Ich hatte einfach das Gefühl, wenn ich deine Mutter dazu brächte, sich innerlich zu bewegen, dann könnte dir das auch helfen.«
»Aber es war, als . . . als hätten Sie eine Tür geöffnet, und meine Mutter lässt nicht zu, dass sie sich wieder schließt.«
Mrs Oribine schien beeindruckt von dieser Vorstellung. »Ja«, sagte sie, »das trifft es. Sie lässt nicht zu, dass sich die Tür schließt. Ich habe versucht richtig zu handeln. Wirklich. Ich habe gesehen, was ihr durchmacht, du und dein Vater. Ich habe ihr zu sagen versucht, dass Derek sich nicht noch einmal melden würde. Dass er einfach wollte, dass sie ihr Leben weiterlebt und sich um die Familie kümmert, die ihr geblieben ist.« Mrs Oribine

seufzte. »Ich hoffte, sie würde den Verlust mit der Zeit verkraften. Die meisten Menschen schaffen das. Und dann sind sie bereit etwas Neues anzufangen. Ich habe es sogar abgelehnt, noch einmal eine Sitzung mit ihr zu veranstalten.«
Das überraschte Maxine. »Aber ich dachte, Mum träfe sie häufig.«
»Nicht mich. Aber sie ging zu anderen Medien. Ich kann mir vorstellen, dass die womöglich das Gleiche mit ihr machen. Ihr einfach zu helfen versuchen. Es gibt allerdings eine Menge Scharlatane in diesem Geschäft. Ich hoffe nur, sie ist nicht an so jemand geraten.«
Scharlatane? Luella Oribine kannte ein paar hübsche Wörter.
»Wie auch immer, ich bin jetzt bereit zu deiner Mutter zu gehen und alles aufzuklären, wenn du willst.«
Wollte sie das? Würde es ihrer Mutter helfen, wenn sie erfuhr, dass das Ganze eine Lüge gewesen war? Oder würde dieses Wissen die Sache nur verschlimmern?
»Warum, glauben Sie, haben Sie keine Botschaft von Derek erhalten?«, fragte Maxine nach langem Überlegen.
»Wer weiß?« Luella Oribine entdeckte einen Flecken auf ihrem Küchentisch und sprühte Reinigungsmittel darauf. »Vielleicht ist er zufrieden dort, wo er ist, und will gar keinen Kontakt aufnehmen. Ich habe ja alles versucht.« Sie ergänzte: »Ich habe viele persönliche Gegenstände deines Bruders in die Hand genommen, um

eine Verbindung zu ihm herzustellen, aber alles umsonst. Wenn wir vielleicht etwas hätten, das er trug, als er verschwand . . .«

Maxine unterbrach sie aufgeregt. »Was wäre daran anders?«

Luella klopfte ihre Asche auf dem Aschenbecher ab. »Die Energie eines Menschen bleibt lange in seinen persönlichen Gegenständen erhalten. Manchmal ist sie so stark, dass du den Menschen fast bei dir fühlen kannst. Aber klar, vielleicht war dein Bruder schon so lange weg, dass seine ganze Energie bereits mit ihm verschwunden war.«

Maxine steckte die Hand in die Tasche und berührte das Medaillon. »Sie meinen, wenn ich etwas hätte, das Derek trug, als er verschwand . . . dann wären Sie in der Lage, mit ihm in Kontakt zu treten?«

»Gut möglich. Warum?«

Maxine holte die Kette mit dem Anhänger hervor und legte sie vor sich auf den Tisch. »Das hat Derek gehört«, sagte sie.

Mrs Oribine war offensichtlich überrascht. Wie viel konnte Maxine ihr erzählen? Diese Frau war merkwürdige Geschichten gewohnt. Sie würde vermutlich alles glauben. Und dennoch . . .

»Ich hatte das für ihn gekauft«, erklärte Maxine. »für seinen letzten Geburtstag, bevor er weglief. Er hat es eigentlich nie abgenommen.«

Sie ließ diese Aussage im Raum stehen. Er hat es nie abgenommen, also muss er es getragen haben, als er starb. Sie hoffte inständig, dass das Medium sie nicht fragte, woher sie es hatte.

Mrs Oribine griff nach der Kette. »Das ist sehr hübsch«, sagte sie. Sie hielt die Kette in den Händen, wand sie um ihre Finger und drehte das Medaillon um, damit sie die Inschrift lesen konnte. »Derek Moody.« Sie legte die Stirn in Falten.

»Stimmt irgendwas nicht?« Maxine beobachtete sie genau. Mrs Oribine legte die Hände um das Medaillon und drückte es an sich. Dann begann sie zu keuchen. Alle Farbe schien aus ihrem Gesicht zu weichen. Ihr Atem wurde schneller. Maxine stand auf und trat zu ihr. Es war, als sei Luella Oribine nicht mehr anwesend. Ihr Blick wurde starr. Sie gab ein leises Stöhnen von sich und presste den Anhänger noch fester an sich. »Was für starke Gefühle!«, murmelte sie. »Woher hast du das?«

Sie erwartete keine Antwort. Schweißperlen traten ihr auf die Stirn. »Was für ein Kummer. Was für eine Angst. Nein ... Panik! Er läuft weg. Jemand ist hinter ihm her. Er ist so verängstigt. Ich kann seine Panik fühlen. Er weiß sich nicht anders zu helfen. Er muss laufen.« Plötzlich warf sie den Anhänger von sich. Er fiel klirrend auf den Tisch und glitt zu Boden.

Maxine hob ihn auf und hielt ihn in der Hand, so wie Luella es getan hatte. Nichts. Sie spürte nichts. Er war noch warm von Luellas Händen, aber er war nichts als ein Medaillon des heiligen Christophorus an einer Goldkette.

Mrs Oribines Hände zitterten, als sie wieder zu sich kam. Sie nahm noch eine Zigarette aus dem Päckchen und zündete sie nervös an. Sie sprach kein Wort, bis sie einen langen Zug gemacht hatte. Dann erst begann sie zu reden und ihre Stimme klang fast, als hätte sie selbst Angst. »Dem Himmel sei Dank, dass das nicht vor den Augen deiner Mutter passiert ist.« Sie schaute Maxine an und in ihren Augen standen Tränen. Sie schüttelte den Kopf.

»Maxine, Kindchen. Wovor hatte dein Bruder so schreckliche Angst?«

Zweiundzwanzigstes Kapitel

Cam war zu Hause, als sie ihn anrief. Sie dankte allen Heiligen, die sie kannte, dafür. Sie musste mit jemand reden über das, was bei Luella Oribine passiert war. Atemlos berichtete sie ihm und wartete voller Ungeduld auf seine Reaktion. Wenn er lachte oder sie für dumm erklärte, würde sie ihm jedes Schimpfwort, das ihr einfiel, an den Kopf werfen. Sie würde den Hörer auf die Gabel knallen. Sie würde laut kreischen!

Doch er lachte nicht. »Das ist eine ernste Angelegenheit, Maxine. Du musst etwas unternehmen. Derjenige, der dahinter steckt, könnte gefährlich sein. Du musst zur Polizei gehen.«

»Und was soll ich denen erzählen? Der einzige Beweis, den ich habe, sind die Worte einer bescheuerten, alten Wahrsagerin.«

»Deine Eltern müssen es erfahren.«

»Das hab ich schon vorher probiert, weißt du nicht mehr? Mein Vater hat mich fast aus dem Haus geworfen.«

»Jetzt hast du das Medaillon.«

Das Medaillon. Ja, sie hatte das Medaillon. Aber wie soll-

te sie das Dad erklären? Wie sollte sie es Mum erklären? Der Gedanke daran machte ihr die Entscheidung leicht.
»Ich will nicht, dass es jemand außer dir weiß, Cam. Ich kann es ihnen nicht erzählen.«
Sie hörte seinen langen, missbilligenden Seufzer. Sie konnte es nicht ausstehen, wenn er sich benahm, als sei er ihr großer Bruder. »In Ordnung, aber wenn er wieder Kontakt zu dir aufnimmt, gehst du nirgends alleine hin. Ich komme mit.«
»Er wird sich nicht mehr melden.«
»Doch, das wird er. Er wird jetzt nicht locker lassen. Er wird deine Reaktion auf das Medaillon erfahren wollen. Er wird sich rühren.«
Maxine wollte das nicht. Am liebsten hätte sie das Medaillon in den nächsten Gully geworfen und so getan, als wäre nie etwas geschehen.
Als sie auflegte, fragte sie sich, warum Cam ihr immer so bereitwillig glaubte. Er hatte die Stimme am Telefon nie gehört. Er hatte nur ihre Aussage, dass an jenem Tag noch jemand in der Kirche gewesen war. Und sie hatte von dort das Medaillon. Woher wollte er wissen, ob sie das Medaillon nicht die ganze Zeit schon gehabt hatte, irgendwo in einer Schublade versteckt?
Aber nein, er glaubte alles, was sie ihm erzählte. Warum? Er mochte sie ja nicht einmal. Ihren Bruder hatte er noch weniger gemocht. Warum also half er ihr?
Darauf gab es zwei Antworten. Die erste und am wenigsten wahrscheinliche war, dass Cam tatsächlich in sie

verliebt war. Die zweite – und die bloße Vermutung jagte ihr Schauer über den Rücken – war, dass Cam hinter der ganzen Sache steckte. Er war zweifellos clever genug, um sich solch einen Plan auszudenken.
Aber warum? Weil Derek sich über ihn lustig gemacht hatte? Nein. Es war lächerlich, an so etwas auch nur zu denken.
Sie wurde allmählich . . . wie hieß das Wort . . . hämorrhoid? Schizoid? Paranoid? Egal wie es hieß, eines davon wurde sie jedenfalls.

»Na, und wo bist du heute gewesen?«, fragte ihr Vater, gleich nachdem er von der Arbeit kam.
Maxine errötete schuldbewusst. »Wo ich gewesen bin? Ich?«
Wie viel wusste er? Hatte Luella Oribine ihn im Büro angerufen und ihm von Dereks Medaillon erzählt? Bestimmt nicht. Sie hatte Maxine versprochen kein Sterbenswort verlauten zu lassen. Es würde ihre Eltern nur noch mehr belasten. Nein. Luella war ein völlig verrücktes Huhn, aber Maxine war überzeugt, dass sie ein Wort, das sie gegeben hatte, nicht brechen würde. Sie hatte Dad nicht angerufen.
Ihr Vater schnaufte ungeduldig. »Das war eine einigermaßen einfache Frage, Maxine. Wo bist du heute gewesen? Was hast du angestellt?«
Ihre verlegene Miene entging ihm nicht.
»Und ich würde behaupten, du *hast* irgendwas ange-

stellt.« Er stoppte seine Vorwürfe gerade noch rechtzeitig. »Sag mal – diese Anrufe, von denen du erzählt hast. Haben sie aufgehört?«

Vielleicht gab es wirklich so etwas wie Seelenbotschaften. Sie hatte gerade an die Anrufe gedacht und schon fragte er danach. »Sind noch weitere Anrufe gekommen?« Er klang jetzt mitfühlend. »Denn wenn das der Fall ist, bestehe ich darauf, dass wir zur Polizei gehen. Ich werde nicht zulassen, dass irgendein Verrückter so etwas mit dir macht.«

»Meinst . . . meinst du, wir sollen zur Polizei?«

Wenn sie gingen, war sie vielleicht all ihre Sorgen los.

»Falls du keine weiteren Anrufe bekommen hast, vergessen wir es am besten. Ich weiß ja, was du denkst«, sagte er. »Die Polizei ins Spiel zu bringen würde deiner Mutter kein bisschen helfen. Würde alles noch einmal aufrühren. Lass es uns einfach vergessen, ja?«

Maxine seufzte, als er wegging. Wenn sie vorher noch Zweifel gehabt hatte, waren sie jetzt endgültig beseitigt. Ihren Eltern etwas erzählen? Ein Witz. Erst einmal müsste sie sie dazu bringen, dass sie zuhörten.

Dad hatte einfach angenommen, dass sie keine weiteren Anrufe erhalten hatte. Aber vielleicht war doch etwas dran an diesen Psychogeschichten. Denn genau an diesem Abend kam der nächste.

Mum und Dad waren weggegangen. Sie hatten ihr nicht gesagt, wohin, und hatten Mrs Templeton als Babysitterin bei ihr gelassen. Babysitting! So was Peinliches! Und für die alte Schreckschraube war es nur ein Vorwand, um ihre Wäsche in Mums Waschmaschine zu waschen. Als das Telefon klingelte, hörte die Gute es nicht mal.

Die Stimme klang leise und atemlos, aber es war dieselbe Stimme, die Maxine in den dunklen Winkeln der Kirche gehört hatte.

»Das mit der Statue tut mir Leid. Es war ein Unfall.«

Sie antwortete nicht. Sie war sich nicht sicher, ob es stimmte.

»Jetzt, wo du weißt, dass ich Derek bin . . .« Er zögerte und wartete auf eine Bestätigung von ihr. Gut, sie würde mitspielen. Sie würde so tun, als glaubte sie ihm jedes Wort.

»Wir müssen uns wieder treffen. Wir müssen reden.«

»Ich dachte, das wollten wir in der Kirche tun?«

»Es kam jemand. Ich will nicht, dass sonst irgendeiner weiß, dass ich hier bin. Deshalb bin ich abgehauen.«

»Ich verstehe nicht, wieso du absolut nicht nach Hause kommen willst.«

»Ich erzähle es dir, wenn wir uns treffen. Versprochen. Ich werde dir alles erzählen.«

Das gab den Ausschlag. »In Ordnung, wo treffen wir uns also?«

Er hatte sich offenbar schon Gedanken darüber gemacht, denn seine Antwort kam sofort. »Auf dem Friedhof. Bei meinem Grab.« Sie hörte ihn tief einatmen. »Weißt du, wie seltsam es ist, das zu sagen . . . an meinem Grab?«

»Auf dem Friedhof?«, fragte sie. »Warum auf dem Friedhof?«
Es war ein reichlich morbider Ort für ein Treffen.
»Weil es dort am sichersten ist«, sagte er leise.

Dreiundzwanzigstes Kapitel

»Du hast ihm zugesagt, dass du ihn auf dem Friedhof triffst?« Cams Stimme am Telefon klang total ungläubig.

»Er meinte, das wäre der sicherste Ort.«

»Vielleicht für ihn. Für dich bestimmt nicht. Du kannst da nicht hingehen, Maxine. Du hättest auf einem anderen Ort bestehen sollen.«

Maxine gab einen abschätzigen Laut von sich. Laut Cam, diesem Mister Oberschlau, machte sie sowieso alles falsch. »Er wollte nirgendwo anders hin. Ich soll ihn morgen Nachmittag treffen.«

»Nach der Schule?«

»Nein. Nicht danach. Während des Unterrichts. Dann ist es sogar noch ruhiger.« Die Worte hallten gespenstisch in ihrem Kopf wider.

»Ja, Maxine. Genau. Dieser rätselhafte Typ ist gefährlich. Du musst mit deinen Eltern darüber reden!«

»Hör endlich damit auf, dass ich mit meinen Eltern reden soll! Ich tu's nicht und basta. Und denk dran, du hast auch versprochen, dass du ihnen nichts sagst.«

Zuletzt gab er auf. »Na schön. Aber ich begleite dich.«

»Du willst meinetwegen den Unterricht versäumen?«

Sie war ehrlich beeindruckt. »Meine Güte, Cam, bist du sicher, dass du dich nicht in mich verguckt hast?«
»Bleib am Apparat. Mir wird gerade schlecht«, sagte er. Sie war sich fast sicher, dass er grinste, als er das sagte.
»Cam«, fuhr sie nach einer Pause fort. »Er klang, als hätte er Angst.« Und es stimmte, der Junge, der angeblich ihr Bruder war, hatte verängstigt geklungen.
»Guter Schauspieler«, sagte Cam sofort.
»Du glaubst nicht, dass es ... Derek sein könnte, oder?«
»Nein. Ich glaube nicht, dass es Derek sein kann. Derek ist tot, Maxine. Du weißt, dein Vater hat ihn identifiziert. Wir sind hier nicht in *Geschichten aus der Gruft*. Wir sind im wahren Leben.«
»Ich weiß . . .«, sagte sie, »aber ich muss an einen Film denken, den ich gerade erst gesehen habe. Weil er Dereks Kleidung getragen hat und wie Derek aussah, heißt das noch nicht, dass der tote Junge Derek war.«
»Quatsch!« Cam war sich seiner Sache sicher. Und Maxine brauchte diese Art von Bestätigung. »Dein Vater hat die Leiche identifiziert. Natürlich war es Derek. Bau keine unrealistischen Wunschbilder auf, Maxine.«
Aber *war* es denn ihr Wunsch, dass der Anrufer Derek war? Hatte sie nicht immer gesagt, sie wollte, er wäre für alle Zeiten weg?

Ihre Eltern kamen nicht lange nach dem Telefonat mit Cam nach Hause. Zwischen ihnen herrschte eine Spannung, als sei etwas vorgefallen. Mum sagte kein Wort.

Sie zog mit einem Ruck ihren Mantel aus und warf ihn auf einen Stuhl in der Diele. Dann lief sie nach oben. Dad ging ins Wohnzimmer, wo Maxine vor dem Fernseher saß.

»Solltest du nicht deine Hausaufgaben erledigen?«, fragte er und fügte sarkastisch hinzu: »Oder gibst du dich neuerdings nicht mehr mit so was ab?«

Maxine seufzte. Das war wieder typisch. Habt ihr Stress? Dann lasst es an Maxine aus.

»Entschuldigung«, sagte Dad, dem es fast augenblicklich Leid tat. »Schwieriger Abend mit deiner Mutter.«

»Warum? Wo wart ihr?«

Er setzte sich neben sie. »Ich habe sie zu einer Frau gebracht, mit der sie sprechen sollte. Ich dachte, es würde ihr helfen.«

»Eine Psychiaterin?«

»Therapeutin«, verbesserte er. »Sie ist sehr gut. Aber deine Mutter ...« Er fuhr sich mit den Händen durch die Haare, eine typische Geste, wenn er ziemlich fertig war. »Manchmal denke ich, ihr ist nicht zu helfen.«

»Glaubst du, es hilft ihr, wenn sie diese Botschaften von Derek bekommt?«

»Anfangs möglicherweise schon. Aber jetzt ist es zu einer fixen Idee geworden. Das ist es, was mir Sorgen macht. Im Grunde will sie das Unmögliche. Sie will Derek wiederhaben.«

Es stand in Maxines Macht, ihrer Mutter wieder Hoffnung zu geben. Nur ... es war nicht Derek. Ausgeschlossen. Wenn sie mit irgendwem außer Cam darüber redete, machte das die Sache nur schlimmer.

»War es garantiert Derek, den du identifiziert hast, Dad?«

Das zu sagen war ein Fehler, sie erkannte es sofort. Ihr Vater lief rot an vor Zorn. »Verdammt noch mal, Maxine! Wie kannst du so etwas sagen?« Ihr Vater, früher der sanftmütigste aller Väter, war wütender, als sie ihn je gesehen hatte.

Sie suchte nach den richtigen Worten, um ihn zu besänftigen. »Ich meine nur ... dass einer Dereks Kleider trägt, heißt nicht, dass es Derek war.«

Er sprang auf und Maxine sah, wie ihm Tränen in die Augen stiegen. »Das war das Schlimmste, was ich in meinem ganzen Leben tun musste, Maxine. Versuch mir ja nicht zu unterstellen, ich hätte mich geirrt! Derek ist in diesen Kleidern in dem besetzten Haus gesehen worden. Glaubst du vielleicht, ich erkenne meinen eigenen Sohn nicht?«

Maxine versuchte sich Gehör zu verschaffen. Er beachtete es nicht.

»Denkst du, das hilft deiner Mutter? Das tut es nämlich nicht. Seinen Tod zu akzeptieren ist das Einzige, was sie jetzt weiterbringt. Und dich auch, Maxine. Du solltest es lieber auch akzeptieren.«

»Was akzeptieren?« Ihre Mutter stand in der Tür. Sie sah klein und verletzlich aus.

Dad fuhr herum. »Nichts!«, fauchte er. Mit einem war-

nenden Blick brachte er Maxine ebenfalls zum Schweigen.
Mum erstarrte. »Aha. Etwas, was ich nicht wissen soll.«
Sie schaute ihm nicht nach, als er davonstürmte. »Und übrigens«, rief er aufgebracht über die Schulter zurück, »morgen Nachmittag gehen wir alle zusammen zu dieser Therapeutin!«
Morgen Nachmittag! Was wurde dann aus ihrer Verabredung mit dem Jungen, der sich als Derek bezeichnete?
Maxine begann sofort alle möglichen Ausreden vorzubringen.
Doch Dad war wild entschlossen. »Du gehst mit, Maxine. Und wenn ich dich hintragen muss.« Dann verschwand er und knallte die Tür hinter sich zu.
»Er hält mich für verrückt«, sagte Mum langsam.
»Mach dir deswegen keine Sorgen, Mum. Mich hält er für genauso verrückt.«

Alle Überredungskünste der Welt konnten Dad am nächsten Morgen beim Frühstück nicht dazu bringen, seine Meinung zu ändern. Wesentliche Unterrichtsstunden, die zu verpassen Maxine sich nicht leisten konnte, weltbewegender Stoff, den sie keinesfalls versäumen durfte – nichts. Sie würde mitkommen, Ende der Durchsage.
»Miss Ross wird dich mittags zum Schultor begleiten. Dort hole ich dich ab. Klar?«
Er blieb sogar länger und fuhr sie zur Schule, nur um si-

cherzustellen, dass sie tatsächlich hinging. Sie hatte keine Ahnung, wie sie sich da noch herauswinden sollte. Erst in der Pause trieb sie Cam auf und konnte ihm die Neuigkeiten berichten. Er verzog keine Miene. Brachte diesen Kerl nie etwas aus der Fassung?

»Ich könnte trotzdem hingehen«, sagte er.

»Aber es ist doch gefährlich.«

»Ach, du meinst, wenn du nicht dabei bist, um mich zu beschützen! Mit deinen kompletten vierzig-und-irgendwas Kilo Gewicht.«

»Ich finde es sinnlos, wenn du alleine gehst.«

Cam begann es ihr zu erklären, sehr geduldig, als sei sie schwer von Begriff. Er war wirklich manchmal unmöglich. »Der Typ weiß nicht, dass du mir irgendwas von der Sache erzählt hast. Ich gehe hin, als wollte ich ein Grab besuchen. Ich will ihn selbst sehen.«

»Er wird sich versteckt halten«, sagte sie.

»Aber ich schaue mich nach ihm um.«

Sie musste klein beigeben. Sie selbst war nicht in der Lage zu gehen und dabei blieb es. »Meinetwegen dann, aber sei lieber vorsichtig.«

Er lächelte ihr zu. In diesem Moment fiel ihr auf, dass sie einen guten Einfluss auf Cam hatte. In seinem ganzen Leben hatte er noch nicht so viel gelächelt. Diesmal war das Lächeln allerdings spöttisch. »Oh, Maxine, ich wusste nicht, dass ich dir so viel bedeute.«

Er sagte es genau zum falschen Zeitpunkt. Miss Ross stand plötzlich neben ihnen, sah das Lächeln und hörte

die Worte. »Der Beginn einer netten kleinen Romanze, hm?«
Cam ging fast in die Luft. Bevor er aber ein Wort sagen konnte, fiel Maxine mit listigem Lächeln ein: »Finden Sie, dass wir zusammenpassen, Miss Ross?«
Wenn man Miss Ross eines nicht vorwerfen konnte, war es mangelnde Aufrichtigkeit. »Ich hätte es nicht gedacht. Ich dachte, dieses absolut clevere Mädchen aus dem dritten Jahrgang wäre eher Cams Typ. Und ich weiß, dass sie ihn mag.«
Cams Augen leuchteten auf. »Sie meinen die Rothaarige?«
Miss Ross nickte.
«Und sie mag mich?" Sein Lächeln, fand Maxine, hatte sich inzwischen in ein dümmliches Grinsen verwandelt.
»Aber ich sehe auch, was Maxine für Stärken hat«, redete Miss Ross weiter. »Sie hat einen besonderen Sinn für Humor, stimmt's?«
Cam sah plötzlich ziemlich mitgenommen aus. »Ich geh jetzt lieber in meinen Unterricht.«
Plötzlich wurde Maxine bewusst, dass sie ihn nicht mehr sehen würde vor . . . vor was? Sie wagte kaum darüber nachzudenken. Sie wollte ihm noch einmal sagen, dass er vorsichtig sein und kein sinnloses Risiko eingehen sollte. Sie machte sich Sorgen seinetwegen, aber sie konnte es nicht laut sagen. Miss Ross stand neben ihnen.
»Cam?«, rief sie ihm nach und er drehte sich um. »Sehen wir uns nachher?«

Cam warf einen Blick auf Miss Ross. Sie sollte nicht denken, dass zwischen ihnen irgendetwas war, aber dieses Gespräch bewies es praktisch. Er sah noch mitgenommener aus als vorher, als er antwortete: »Ich komme heute Abend vorbei, okay?«

Dann verschwand er eilig den Gang hinunter zu seinem Unterrichtsraum.

»Ich freue mich, wie fröhlich du aussiehst, Maxine«, sagte Miss Ross. »Dein Vater hat mich angerufen wegen des Treffens, das er arrangiert hat.«

»Ich will da nicht hin, Miss Ross. Können Sie ihm nicht sagen, dass ich nicht muss? Ich kann nicht vom Unterricht wegbleiben.«

»Ich halte es für eine glänzende Idee. Familientherapie. Das Ganze hat euch allen sehr zugesetzt. Ich glaube wirklich, das könnte der richtige Ansatz sein, Maxine.«

»Aber nicht ausgerechnet heute«, hätte sie gerne herausgeschrien. Die Angelegenheit heute war zu wichtig.

Die unvermittelt laute und ärgerliche Stimme von Miss Ross ließ Maxine zusammenzucken. »Was willst du hier, Sweeney!« Es war keine Frage, es war eine Rüge. Maxine schluckte leer, als Sweeney aus dem Zimmer hinter ihr auftauchte.

»Bin unterwegs zu meiner nächsten Unterrichtsstunde, Miss«, antwortete er mit rauer Stimme.

»Gut, dann sieh zu, dass du hinkommst. Und zwar schleunigst!«

Er warf Maxine einen Blick zu, als er an ihr vorbeilief. In

diesen Augen lag ein hinterhältiges Grinsen, fand sie. Sie fröstelte. Wie lange hatte Sweeney sich schon da drin versteckt gehalten ... und wie viel hatte er gehört?

Vierundzwanzigstes Kapitel

»Ihr könntet wenigstens höflich sein. Die Ärztin versucht uns zu helfen.«

Maxine und ihre Mutter saßen mit gleichermaßen trübsinniger Miene vor dem Praxisraum von Dr. Rice. Maxines Vater hielt seinen Ärger mühsam zurück. Aber Maxine wollte nicht hier sein. Und ihre Mutter auch nicht. Warum also sollten sie so tun, als freuten sie sich? Ihre Mutter schien den gleichen Gedanken zu haben.

»Es war deine Idee«, zischte sie, »nicht unsere. Wir sind mitgekommen. Was willst du noch?«

Dad war im Begriff, darauf etwas zu erwidern, als sich die Tür öffnete und Dr. Rice herauskam.

Sie war viel jünger, als Maxine erwartet hatte. Sie hatte ein offenes Lächeln und weiße, gleichmäßige Zähne. Ihre glänzenden schwarzen Haare trug sie in einem hübschen, weich fallenden Kurzhaarschnitt. Sie nahm die goldgeränderte Brille ab, um sie zu begrüßen.

»Mr Moody. Mrs Moody. Schön, dass Sie wieder kommen.« Sie streckte die Hand aus. »Und du musst Maxine sein.«

Maxine hatte sich darauf eingestellt, sie nicht zu mögen.

Sie war sogar fest dazu entschlossen gewesen. Aber es war schwierig, dieses Lächeln nicht sympathisch zu finden.

»Kommen Sie herein«, sagte die Ärztin. »Du hattest keine Probleme, eine Unterrichtsbefreiung zu bekommen?«

Die sind wahrscheinlich froh, wenn sie mich los sind, lag ihr auf der Zunge. Stattdessen antwortete sie schlicht: »Nein.«

»Ich hielt es wirklich für sehr wichtig, dass ich Sie alle zusammen sehe.« Sie lotste sie zu drei bequemen Stühlen, die neben ihrem eigenen standen. Maxine schaute sich nach einer Couch um. Hatten die nicht immer eine Couch? Dr. Rice folgte ihrem Blick und lächelte erneut. »Nein, Maxine. Keine Couch. Nicht mal ein Schreibtisch. Alles ganz zwanglos. Ich möchte nur, dass ihr mit mir redet.«

»Ich weiß nicht, wozu Sie mich noch einmal hier haben wollten«, sagte Mum mit leicht gereiztem Unterton. »Gestern Abend habe ich alles gesagt, was ich zu sagen hatte.«

»Das weiß ich. Aber Maxine war gestern Abend nicht dabei. Und wenn Sie mit der Sache fertig werden wollen, muss Maxine meiner Meinung nach mit einbezogen werden.«

Man wollte sie tatsächlich einmal einbeziehen? Das war eine echte Überraschung. Maxines Interesse erwachte.

»Ich werde damit fertig!« Mum schleuderte der Ärztin

die Worte entgegen. »Auf *meine* Weise.« Sie warf Dad einen eisigen Blick zu. »Wenn mich nur gewisse Leute in Ruhe lassen würden.«

»Damit fertig werden bedeutet nicht jeden Tag zu einer Séance zu gehen, um mit deinem toten Sohn zu reden, Gill!«

Dr. Rice brachte beide zum Schweigen, bevor sie sich offen bekriegten. Sie sah Maxine an. »Warum hören wir uns nicht alle einmal an, was Maxine zu sagen hat? Maxine, was hältst *du* von dem Ganzen?«

Sie war perplex. Einen Moment lang war sie zu überrascht, um ein Wort zu sagen. Danach hatte sie noch nie jemand gefragt. Sie war immer zu jung. Wurde in einen anderen Raum abgeschoben, während man diskutierte. Wurde von jeder Entdeckung, jeder Neuigkeit fern gehalten. Jetzt schauten beide Eltern sie an und warteten auf ihre Antwort.

Gut, wenn endlich einmal jemand zuhörte ... dann wollte sie reden!

Ihre Stimme zitterte, als sie begann. Sie sprach über den Tag, an dem Derek weggegangen war. Wie sie sich gefühlt hatte, als die Tage verstrichen, ohne dass eine Nachricht von ihm kam, dann die Wochen und Monate. Wie sie den Kummer ihrer Eltern sah, während sie alle Hebel in Bewegung setzten, um ihn zu finden. Zuletzt sprach sie darüber, wie es war, als sie von Dereks Tod erfuhren.

»Ich weiß, wie schlimm es für Mum und Dad war, als Derek verschwand. Ich weiß, wie schrecklich es gewesen sein muss, von seinem Tod zu erfahren. Aber was ich nicht verstehe, ist ...« Sie holte tief Luft, entschlossen, nicht zu weinen. Jetzt, da sie einmal angefangen hatte, musste alles heraus. »... warum haben sie mich deswegen nicht mehr lieb?«

Ihr Vater schnappte nach Luft. Ihre Mutter umklammerte seine Hand. Dr. Rice gab ihnen zu verstehen, dass sie schweigen sollten. »Was veranlasst dich zu glauben, dass sie dich nicht mehr lieb haben, Maxine?«

»Ich bin weggeschoben worden. Sie suchten nach Derek und ich wurde bei jemand Beliebigem untergebracht, der bereit war mich zu nehmen. Sie redeten über Derek. Sie dachten an nichts anderes. Alles drehte sich um Derek. Egal was ich tat, sie merkten gar nicht, dass ich da war. Das Einzige, was ihnen wichtig war, war Derek. Wir haben nie erfahren, warum Derek eigentlich weggelaufen ist. Aber ich habe immer das Gefühl gehabt ... dass sie mir die Schuld dafür geben.«

»Mein Gott, nein, Maxine!« Mum fing an zu weinen, aber Dr. Rice ließ sie immer noch nicht zu Wort kommen.

»Weiter, Maxine«, drängte sie.

»Ich wollte sogar, dass Derek tot ist!« Jetzt flossen auch Maxines Tränen. »Ich weiß, dass es schrecklich ist, so etwas zu sagen. Aber ich dachte, wenn er tot wäre, würden sie sich wieder um mich kümmern. Und dann war es passiert und ich dachte, das wäre auch allein meine Schuld. Und dann begriff ich, dass es sowieso egal war, denn obwohl er tot war, interessierten sie sich noch immer nur für ihn, redeten nur über ihn. Derek. Derek. Derek!«

»Ach, Maxine! Da täuschst du dich völlig. Mein armes kleines Mädchen!« Ihr Vater beugte sich zu ihr herüber und zog sie an sich.

»Kann ich jetzt etwas sagen?« Die Stimme ihrer Mutter klang verhalten und war dennoch irgendwie kräftiger, als Maxine sie seit Monaten gehört hatte. Mum hielt ihre Tränen unter Kontrolle.

»Du meinst, wir gäben dir die Schuld? Dabei habe ich immer gedacht, ich wäre verantwortlich. An jenem Morgen wollte er mit mir reden. Er hatte etwas, was er mir mitteilen musste. Aber ich bin ihm über den Mund gefahren in der Überzeugung, dass er wieder Mist gebaut hatte in der Schule oder sonst etwas angestellt hatte. Ich habe ihn richtig fertig gemacht. Sein Benehmen war schon lange total unmöglich gewesen. Dann fing er an mich anzuschreien. Mit mir könne man ja nicht reden, sagte er. Ich würde nie zuhören. Ich begreife jetzt, dass das wahrscheinlich stimmte. Und ich habe mich seither immer gefragt, was er mir sagen wollte. Und wenn ich ihm zugehört hätte . . . wäre er dann nicht weggelaufen?«

»Meine Schuld ist ebenso groß«, sagte Dad leise, »was das Weghören angeht, wenn er jemand zum Reden brauchte. Ich hatte das Gefühl, dass ich ihm in der ganzen Zeit, während er in der Schule gemobbt wurde, überhaupt keine Hilfe war. Ich fühlte mich so überflüssig.

Dass ich in der Schule vorstellig wurde, schien überhaupt nichts zu bewirken. Da sagte ich ihm einfach, er solle sich wehren und zurückschlagen . . . und als er es tat, war ich empört. Meinte, er sei selbst zum Schläger geworden. Heute denke ich, dass er womöglich unsere Aufmerksamkeit auf sich zu lenken versuchte, genau wie du, Maxine. Und jetzt habe ich solche Angst, dass ich bei dir die gleichen Fehler begehe . . . Ich würde es nicht überleben, wenn du uns je verloren gingest. Ist dir das klar, Maxine? Ich wäre am Ende, wenn auch du weggingst.«

Mum vergrub ihr Gesicht in den Händen. »Du darfst niemals denken, wir hätten dich nicht lieb. Wenn dir etwas zustieße . . .«

Dad redete weiter, seine Stimme klang weich. »Ich weiß, dass Derek unser Leben vereinnahmt hat, Maxine. Die Ungewissheit war das Schlimmste. Nicht zu wissen, weshalb er uns verlassen hatte. Wo er war. Ob er in Sicherheit oder in Gefahr war. Und ich sah, wie die Sorgen deine Mutter fast zerrissen. Ihr Lebensinhalt bestand darin, Derek zu finden, also musste ich ihr beistehen.«

Er hielt einen Moment inne. Dann sprach er noch leiser weiter. »Ich habe das nie jemandem eingestanden. Aber als wir erfuhren, dass Derek tot ist . . . da war ich erleichtert. Ich schäme mich so, das zu sagen. Erleichtert.«

Jetzt schluchzte Mum auf, sagte aber nichts. Maxine hätte auch fast wieder zu weinen begonnen. Vor Erleichterung. Ihr Vater hatte die gleichen Empfindungen wie sie gehabt und sie hatte es nicht gewusst.

»Ich dachte, letztendlich könnte sich alles wieder normalisieren. Wir hätten das Schlimmste hinter uns.« Dads eine Hand umschloss die seiner Frau, mit der anderen hielt er Maxine an sich gedrückt. »Aber die Dinge normalisierten sich nicht. Es schien immer noch schlimmer zu werden. Und wir waren so mit uns selbst beschäftigt, dass wir die wichtigste Person vergaßen. Dich, Maxine.«

Ihre Eltern liebten sie. Alles würde gut werden. Mum würde sich erholen. Maxine wusste, dass das seine Zeit brauchte, aber es war zu schaffen. Solange sie nur wusste, dass ihre Eltern sie wirklich liebten.

Und dann, plötzlich, tauchte wie eine große dunkle Wolke die Erinnerung an den Jungen auf dem Friedhof auf. Hätte sie doch jetzt von ihm erzählen können! Von allem, was sie erlebt hatte. Aber wenn sie und ihre Eltern heute einen neuen Anfang machten, dann, das wusste sie, konnte sie auf keinen Fall darüber reden. Mum würde vielleicht nie darüber hinwegkommen. Dieses Risiko wollte Maxine nicht eingehen. Niemals.

Mum lächelte unter Tränen. »Wir werden uns alle mehr Mühe geben, ja?«, sagte sie. »Jeden Tag neu.«

Sie hatten eine Chance. Wäre da nur nicht der Junge auf dem Friedhof gewesen. Wer immer er war, er konnte alles zerstören. Die Angst musste Maxine ins Gesicht geschrieben stehen, denn Dr. Rice fragte sie: »Ist alles in Ordnung mit dir?«

»Sie verschweigt uns etwas.« Ihr Vater sah es sofort.

»Maxine, was ist es? Jetzt ist der Moment, aufrichtig miteinander zu sein.«

Aber was sollte sie ihnen denn sagen? Dass da jemand behauptete Derek zu sein und dass sie heute eine Verabredung mit ihm hatte? Sie warf einen Blick auf die Uhr an der Wand. Sie *musste* ihn sehen. Ihm sagen, dass er endgültig aus ihrem Leben verschwinden sollte. Sie wollte, dass es vorüber war. Ein für alle Mal. Vielleicht schaffte sie es gerade noch rechtzeitig zum Friedhof.

»Ich . . . ich muss los!«, sagte sie und sprang auf. »Ich habe Cam versprochen, dass ich mich mit ihm treffe.«

Maxines Mutter sah beunruhigt aus. Maxine gab ihr einen eiligen Kuss und lächelte sie an. »Ich bin so froh, Mum. Und ich bin bald wieder zu Hause, versprochen. Und es kommt alles wieder in Ordnung.«

Dann lief sie los, noch während ihr Vater hinter ihr herrief.

Ihrer Mutter würde es wieder gut gehen. Das wusste Maxine jetzt. Sie würde Dereks Tod allmählich akzeptieren.

Solange sie nie etwas von dieser Geschichte erfuhr.

Nein. Dafür würde Maxine sorgen. Es war vorbei. Sie war unterwegs zum Friedhof und zu Cam. Gemeinsam würden sie diesem Kerl gegenübertreten. Ihm mit der Polizei drohen, mit allem Möglichen, und dafür sorgen, dass er verschwand und nie wieder auftauchte. Sie kam vielleicht gerade noch rechtzeitig, um die beiden zusammen anzutreffen.

Das große grüne Tor zum Friedhof stand offen. Die Dämmerung senkte sich langsam über einen bereits vorher trüben Tag.
Es war so weit. Maxine holte tief Luft und lief schnell hinein.

Fünfundzwanzigstes Kapitel

War je ein Nachmittag dunkler, düsterer gewesen? Die schwarzen Wolken hingen schwer herab, fast berührten sie die Wipfel der Bäume, und feine Nebelschleier waberten durch die Zweige.

Maxine lief mit schnellen Schritten die langen, schmalen Wege entlang, die zu Dereks Grab führten. Dabei lauschte sie angestrengt auf das leiseste Geräusch. Was wartete auf sie? Sie wusste nur eines: dass sie es hinter sich lassen wollte. Jetzt, da sie Licht am Ende des Tunnels sah, wollte sie nichts mehr mit diesem »Derek« zu tun haben. Derek war tot.

Von weitem hörte sie einen schwachen Schrei und blieb stehen. Der Ruf eines Vogels? Nein, das war etwas anderes. Noch einmal dieser Laut. Und diesmal erkannte sie es: ein Schmerzensschrei. Da war jemand in Not! Sie rannte los.

Sie hätte Cam nie alleine hierher kommen lassen dürfen. Derjenige, der ihm das antat, war böse, so böse, dass er zu allem fähig war.

Die Bäume standen dichter beisammen, je tiefer sie in den Friedhof vordrang, und die Dunkelheit nahm stetig

zu. Sie bog in den Pfad ein, an dem Dereks Grab lag, und fuhr entsetzt zurück bei dem Anblick, der sich ihr bot.
Cam. Sweeney und zwei seiner Gefolgsleute, Stew und McCabe, hielten ihn am Boden fest und traten auf ihn ein. Cam hatte bereits Verletzungen und blutete. Sein Hemd war zerrissen, ein Arm schmerzhaft auf den Rücken gedreht.
Also hatte doch die ganze Zeit Sweeney dahinter gesteckt. Sweeney, gemein und rachsüchtig, der sie fertig machen wollte. Hatte sie es nicht schon die ganze Zeit vermutet? Im Grunde hatte sie von Anfang an gewusst, dass er damit zu tun hatte. Niemand sonst konnte so grausam sein.
»Ich zeig dir einen Karatetrick, Kumpel!«, höhnte Sweeney und hob den Fuß, um Cam in die Seite zu treffen. Cam krümmte sich zusammen in Erwartung des Tritts.
Maxine schrie – und der Hieb blieb aus. Stattdessen fuhr Sweeney herum und entdeckte sie. Seine hämische Grimasse verwandelte sich in ein Grinsen. »Da ist die kleine Moody und will dich retten, Chinese.«
»Maxine, verschwinde von hier! Lauf!« Cam konnte kaum sprechen, die Tritte hatten ihm die Luft genommen.
»Du lässt ihn sofort los, du Idiot!«, brüllte Maxine Sweeney an.
Der fand Maxines Aufforderung erheiternd. »Ein Zwerg wie du will mir sagen, was ich tun soll? Zeig's mir doch, du Winzling!«

Sie sprang auf ihn los. »Wenn es sein muss!«
Sie erwischte ihn kalt. Er stolperte rückwärts und wäre fast gefallen. Cam nutzte die Gelegenheit und rollte von ihm weg, aber er wurde von den anderen beiden, Stew und McCabe, gegriffen und erneut niedergedrückt.
»Haltet ihn fest!«, befahl Sweeney, während er sein Gleichgewicht wiedergewann. Wütend darüber, dass Maxine ihn fast zu Fall gebracht hätte, packte er sie bei den Haaren und zerrte daran.
Maxine ließ erneut einen Schrei los.
»Immerhin hast du ein bisschen Mumm, Kleine. Anders als dein Bruder, dieses Weichei.«
Sie versuchte sich loszureißen, aber vergeblich. »Nenn meinen Bruder nicht Weichei!«
Sie trat wild um sich und traf Sweeney am Schienbein. Er schleuderte sie von sich weg; sie stürzte.
»Lauf, Maxine!«, gellte Cam.
Aber sie kam nicht dazu. Als sie sich aufzurappeln versuchte, stieß Sweeney sie wieder zu Boden. »Ich finde, es wird Zeit, dass du über deinen feinen Bruder Bescheid weißt.« Er spuckte die Worte förmlich aus und Maxine zuckte zurück. »Willst du wissen, warum er in Wirklichkeit weggelaufen ist? Wegen mir!« Er sagte es, als hätte er etwas Großartiges vollbracht. »Ich konnte diesen jämmerlichen Feigling nicht ausstehen. Ständig hat er Mami und Papi zum Direktor geschickt.« Sweeney zuckte die Achseln. »Wennschon! Ich wurde vom Unterricht ausgeschlossen, aber klar, wenn ich zurück

war . . .« Sein Lachen war jetzt voller Bosheit. » . . . dann hab ich ihn noch mehr in die Mangel genommen. Es war zu komisch! Er hat sogar gedacht, wenn er so taff ist wie ich und anfängt Leute fertig zu machen, dann lasse ich ihn in Ruhe. Super Idee! Er war nur nie besonders gut darin.« Sweeney genoss es, Maxine zu verhöhnen, während er fast auf Dereks Grab stand.

»Das weiß ich! Er war nämlich viel anständiger als du! Er hatte zu viel Grips, um Spaß daran zu haben, andere zu schikanieren«, schrie sie ihn an und sprang auf die Füße.

»Er hat pausenlos Druck von mir gekriegt. Da hat das Weichei wahrscheinlich begriffen, dass ich einen, den ich auf dem Kieker habe, nicht eher in Ruhe lasse, als bis ich mit ihm fertig bin. Mit deinem Bruder war ich noch nicht fertig, noch längst nicht.«

Maxine hätte jetzt nicht weglaufen können, selbst wenn sie gewollt hätte. Sie musste das bis zum Ende anhören.

»Am Tag, bevor er abgehauen ist, hab ich ihm gesagt, ich hätte was ganz Spezielles für ihn auf Lager. Am nächsten Tag, wenn er in die Schule käme, wäre er dran. Und es wäre was, was er nie vergessen würde. Na . . . und was macht er? Der Feigling hat zu viel Schiss, überhaupt in die Schule zu gehen. Er verzieht sich. Und lässt sich nie wieder blicken.« Sweeneys Lachen schien in den Bäumen widerzuhallen. »Er ist meinetwegen abgehauen! Er hat sich vor lauter Angst in die Hose gemacht!«

Das also hatte Derek seiner Mutter sagen wollen. Darüber wollte er am Morgen seines Verschwindens reden und keiner – *keiner!* – hatte zugehört. Ach, Derek! In jener Sekunde bat Maxine ihn um Verzeihung. Es tut mir so Leid, Derek.
»Ich werd es allen erzählen!«, fauchte sie ihn an. »Du bist durch und durch schlecht!«
»Oh, komm schon, Maxie-Mausi. Das läuft alles, seit ich auf der Schule bin. Erinnerst du dich?« Sweeney nahm einen weinerlichen Tonfall an. »Ich bin ein sozial benachteiligtes Kind. Die anderen müssen Verständnis für mich aufbringen. – Ich bin immer noch hier«, fuhr er fort, »aber dein jämmerlicher Bruder nicht. Der ist . . .« Er deutete auf den Boden. »Der ist da unten, unter der Erde.« Und wieder lachte er.
Maxine weinte fast. »Du bist das die ganze Zeit gewesen! Du hast mir weiszumachen versucht, dass er zurückkommt, und mir Angst eingejagt! Ich hätte es wissen müssen! Du Schwein!«
Während sie ihn so anschrie, stürzte sie erneut auf ihn los. Doch dieses Mal packte er sie bei den Schultern und sprach so dicht vor ihrem Gesicht, dass sie spürte, wie sein Speichel auf ihre Wangen sprühte.
»Du hast mehr Mumm als dein Bruder, Kleine. Aber den werd ich bald aus dir herausprügeln. Dich hab ich mir nämlich als Nächste ausgesucht. Und pass auf, ab jetzt . . . ab jetzt mach ich auch dir das Leben zur Hölle. Jeden einzelnen Tag.«

Sie sah jetzt alles vor sich. Genau so hatte er es mit Derek gemacht. Und die Folge? Tagein, tagaus Angst, Angst davor, in die Schule zu gehen. So lange, bis Sweeney schließlich etwas ganz Spezielles nur für Derek geplant hatte. Dieses ganz Spezielle war vermutlich in der Vorstellung ihres Bruders noch viel bedrohlicher geworden. Wie musste er sich in jener letzten Nacht gefühlt haben, im Wissen, dass am nächsten Tag in der Schule die schrecklichsten Dinge auf ihn warteten! Er musste sich das Hirn zermartert haben, wie er dem entkommen konnte. Und dabei das Gefühl gehabt haben, dass ihn längst alle im Stich gelassen hatten. Er hatte mit seiner Mutter zu reden versucht und sie hatte ihn abgewiesen. Wollte nichts hören. Keiner hatte hinhören und helfen wollen.

Kein Wunder, dass er davongelaufen war, dachte Maxine. Sie hätte es genauso gemacht.

Und jetzt hatte sich Sweeney Maxine als nächstes Opfer ausgesucht. Jetzt, da sich die Situation mit Mum und Dad und der Familie bessern konnte, sah sie ihr Leben von ständiger Angst überschattet vor sich. Angst vor Sweeney.

Sweeney lachte. Er beobachtete ihre Reaktion, und als könnte er Gedanken lesen, höhnte er: »Gruselige Vorstellung, was?«

»Das lasse ich nicht zu!«, schrie sie. »Ich lasse nicht zu, dass du mein Leben kaputtmachst, wie du's bei meinem Bruder getan hast!«

»Dir bleibt wohl nichts anderes übrig«, sagte Sweeney zynisch.
»Ssssweeeney . . .«
Sweeney fuhr herum. »Was war das?«
Maxine hatte es auch gehört, aber es war nur ein Rascheln in den Baumkronen gewesen, das sanfte, unheimliche Säuseln des Winds im Unterholz.
»Sssssweee-ney . . .«
Diesmal, eindeutig, eine leise, sanfte, geisterhafte Stimme, die aus dem Nichts kam.
Sweeneys Blicke schossen umher und suchten alles ringsum ab. »Wer ist das? Wer ist da?«
»Ich bin's . . . Ssssweeney . . . Derek . . . und ich bin gekommen, um dich zu holen . . .«

Sechsundzwanzigstes Kapitel

Maxine begann zu zittern. Ihre Nackenhaare sträubten sich. Selbst Cam blieb stumm. Sie konnte Sweeneys raschen Atem hören.

»Ssssweeeeeney . . . Ssssweee-ney.« Ein unheimliches Flüstern, ein Ruf.

»Wer ist da?«, fragte er.

»Du hast mich aufgeweckt, Ssssweeney.« Der Name klang wie das Zischen einer Kobra.

»Egal, wer du bist, das wird dir noch Leid tun!« Sweeney trumpfte demonstrativ auf, dennoch konnte er nicht verhindern, dass seine Stimme zitterte.

Der Friedhof wurde immer dunkler. Der Wind raschelte, in der Nähe knackte ein Zweig.

Sweeney schoss erneut herum, zu dem Geräusch hin. »Dafür wirst du mir büßen!«

»Nein, Ssssweeney. Ich bin gekommen, um dich zu holen. In meinem Grab ist es so einsam ohne dich, Ssssweeney. Komm und leiste mir Gesellschaft . . .«

»Verdammt, Sweeney, wer ist das?«, rief Stew. Schlotternd hielt er in alle Richtungen Ausschau, Ausschau nach etwas Menschlichem, Lebendigem.

»Das klang wie . . .« McCabe wollte es nicht aussprechen. Konnte es nicht glauben.
»Wie Derek«, beendete Maxine an seiner Stelle den Satz mit tonloser Stimme.
Ja, wie Derek – ebenso wie zuvor die Stimme am Telefon, die gemurmelten Worte in der Kirche. Wahrhaftig ein Geist also . . . aber sie fürchtete sich in diesem Moment nicht vor ihm. Derek würde ihr nichts tun.
»Ich habe es dir gesagt, eines Tages kommt er wieder und dann bist du dran, Sweeney«, verkündete sie.
»Hier bin ich, Sssweeney . . . hier. Fühlst du mich nicht?«
Stew ließ Cam abrupt los. »Ich steig aus, Sweeney. Der will nur dich.«
Und schon rannte er los. Dabei schaute er sich ständig um, voller Furcht, dass das unbekannte Etwas seine Flucht aufhalten könnte.
»Warte auf mich!« McCabe spurtete hinter ihm her.
»So, Sssweeney . . . jetzt sind wir nur noch zu zweit, du und ich . . .«
Sweeney wirbelte um die eigene Achse. Die Stimme kam inzwischen von irgendeinem Ort hinter ihm. »Du kannst mir nie mehr entkommen, Ssssweeney . . .«
Sweeney schrie aus vollem Hals: »Wo zum Teufel bist du? Zeig dich und kämpfe wie ein Mann!«
Das Gelächter, das darauf folgte, vermischte sich mit dem Wind. Es hätte der Wind selbst sein können. »Du hast dein Leben lang nie wie ein Mann gekämpft. Jetzt gehörst du mir, für alle Zeiten, in der Hölle, Sssswee-

ney. Und ich habe ... etwas Spezielles ... für dich auf Lager.«

Sweeney stieß einen Schrei aus. Die Worte, mit denen er Derek eingeschüchtert hatte, fielen auf ihn selbst zurück. »Etwas Spezielles« bekam eine neue, furchtbare Bedeutung.

Sweeney machte einen Satz nach hinten, verlor den Halt und stürzte auf Dereks Grab. Da lag er nun, zu geschockt, um sich noch zu rühren, und schaute voller Schrecken um sich. Er wusste nicht, wohin er sehen, wohin er weglaufen sollte.

»Du kommst mit mir, Ssssweeney ... Ich strecke meine Hand nach oben zu dir aus. Kannst du mich spüren?« Die Stimme wurde lauter und Sweeney schrie gellend. »Du gehörst mir, Ssssweeney ... Komm zu mir!«

Sweeney schrie unentwegt. Er glaubte den Worten. Er suchte das ganze Grab ab in der Erwartung, dass Dereks Hand sich aus der Erde schieben, ihn packen und hinunterziehen würde, hinab, hinab zu Derek. Selbst Maxine stellte sich vor, wie die Hand emporstieg, mit gespreizten Fingern, wie sie den vor Furcht gelähmten Sweeney umklammerte und ihn hinabzerrte in die Hölle, wo er hingehörte.

Sweeney war unfähig sich zu bewegen. Er war zu entsetzt, um noch ein Glied zu rühren.

»Es tut mir Leid. Es tut mir Leid! Ich tu deiner Schwester nichts. Versprochen!«

Die Antwort war Schweigen. Und der Friedhof wurde immer noch dunkler.

Als die Stimme wieder ertönte, war sie sanfter und geisterhafter denn je. »Ich hole dich so oder so, Sssweeney.«

Die Wolken waren finster, die tief hängenden Zweige der Bäume bewegten sich im Wind und der Name DEREK MOODY schien sich mit den Schatten auf dem Grabstein zu verschieben. Auch Sweeney sah es. Seine Stimme wurde vor Angst noch lauter. »Ich tu ihr nichts!«, brüllte er, den Tränen nahe. »Ich tu keinem mehr was. NIE MEHR!«

Er rollte sich vom Grab und sprang auf die Füße. Noch nie hatte Maxine jemanden so in Angst gesehen und doch fühlte sie nichts. Kein Mitleid. Sweeney hatte selbst zu viele andere in Angst und Schrecken versetzt. Vielleicht war es jetzt vorbei damit.

Er war panisch. Schlug imaginäre Finger von seiner Hose, seiner Jacke weg. Seine Augen irrten wild umher. Er wollte sich davonmachen, doch er ließ keinen Blick von den Bäumen und dichten Büschen, die die Gräber umgaben.

Es war, als hätte er die Anwesenheit von Maxine und Cam vergessen. Nur er war da . . . und das Wesen, zu dem die seltsam körperlose Stimme im düsteren Friedhof gehörte.

Er tat einen Schritt rückwärts und noch einen.

»Achte auf jede dunkle Ecke, Sssweeney . . . Ich bin da . . . Ich warte . . .«

Sweeney begann atemlos zu rennen, er stolperte und

zuckte zurück bei jeder Bewegung, jedem Geräusch. Voller Furcht schlug er nach herabhängenden Zweigen, die sein Gesicht streiften. Er rannte, bis die Dunkelheit des Friedhofs ihn verschluckte.

Maxine hielt den Atem an, bis er verschwunden war. Vollständig verschwunden. Sie schaute zu Cam hinüber. Er war übersät mit blauen Flecken, seine Hose war zerrissen, der Schulschlips um seinen Hals gewunden. Er erwiderte ihren Blick. Dann richteten beide ihre Augen auf die Bäume.

Anfangs konnte Maxine nichts erkennen. Nur die hin und her schwingenden, tanzenden Zweige. Und dann schnappte sie nach Luft. Eine Bewegung. Eine schemenhafte Gestalt, ein Gesicht. Das Gesicht, das sie an jenem Tag vor langer Zeit in den Bäumen gesehen hatte.

Das Gesicht ihres Bruders.

Diesmal trat er aus der Dunkelheit hervor. Er war schmal und blass. Er sah irgendwie unwirklich aus. Zu Beginn sagte er nichts. Er lächelte nicht einmal. Er trat neben den Grabstein.

DEREK MOODY
GELIEBTER SOHN

Und dann flüsterte er leise und mit unsicherer Stimme: »Ich bin’s, Maxie. Derek. Ich will nach Hause.«

Siebenundzwanzigstes Kapitel

Derek wurde eine Art Medienstar mit Interviews in Radio und Fernsehen. Es erschienen sogar Berichte über ihn in den großen Tageszeitungen. Seine ganze Geschichte wurde aufgerollt. Warum er weggelaufen war, wie er sich auf der Straße und in leer stehenden Häusern durchgeschlagen hatte und wie ausgerechnet der Anblick seiner Todesanzeige in einer Zeitung ihn dazu bewegt hatte, zurückzukommen. Er hatte sich so danach gesehnt, seine Familie wieder zu sehen. Sie wissen zu lassen, dass er noch am Leben war. Er war ihnen – insbesondere Maxine – gefolgt, hatte sich dabei immer versteckt gehalten und auf eine Gelegenheit gewartet, dass er sie ansprechen konnte. Aber er wäre niemals zurückgekommen, solange Sweeney noch da war. So etwas wollte er nie mehr erleben. »Es würde nur alles wieder von vorne anfangen«, hatte er zu Maxine gesagt. Jetzt wusste sie, was er damit gemeint hatte.

Derek hatte in diesen letzten Wochen in den alten Mausoleen auf dem Friedhof gehaust und war von einem zum nächsten gezogen. Er kannte sie alle gut und hatte dort kein einziges Mal Angst gehabt. Es gab zu viele Din-

ge im realen Leben, vor denen man sich fürchten musste, hatte er den Reportern erzählt. Einmal wurde er auch in eine Vormittags-Talkshow eingeladen und sollte über Mobbing in der Schule reden, darüber, wie viele der Jugendlichen, denen er auf der Straße begegnet war, genau wie er von zu Hause weggelaufen waren wegen ihrer alptraumhaften Erlebnisse in der Schule.
Sweeney kam über das Schockerlebnis jenes Tages nie ganz hinweg. Man hatte ihn in Angst und Schrecken versetzt, direkt vor den Augen dieses kleinen Mädchens, Maxine, und des verhassten Chinesenjungen – in Angst versetzt und gedemütigt. Zu guter Letzt wurde etwas gegen ihn unternommen. Er wurde von der Schule verwiesen und Cams Vater sorgte dafür, dass er wegen des tätlichen Angriffs auf seinen Sohn zur Rechenschaft gezogen wurde. Sweeney war weg und durch die ganze Schule ging ein Seufzer der Erleichterung.
Maxine kümmerte es nicht, was mit ihm passierte. Sie verabscheute ihn. Sie konnte gar niemand mehr verabscheuen als Sweeney . . . und doch. Wider ihren Willen tauchte der Gedanke immer wieder auf: Warum war Sweeney so bösartig gewesen, so voller Schlechtigkeit? Sie hatte sich selbst eine ganze Weile unmöglich verhalten, weil es ihr so schlecht ging. Und auch Derek hatte sich verändert, aus dem perfekten Sohn war jemand geworden, den keiner besonders mochte, weil er versucht hatte sich auf Sweeneys Seite zu schlagen. Hatte Sweeney auch ein Problem? Sie wollte ihn hassen. Und sie

hasste ihn auch. Aber trotzdem (warum drängten sich ihr diese Gedanken immer wieder auf?) – Sweeney hatte eine Familie, in deren Augen Härte und Verschlagenheit zu einem richtigen Mann gehörten. Sie, Maxine, besaß etwas, was Sweeney nie haben würde: eine Familie, die sich liebevoll um sie kümmerte, die das Beste in ihr fördern wollte. Nicht das Schlechteste.

Derek entwickelte sich zum regelrechten Mädchenschwarm. Ein Geheimnis umgab ihn jetzt, er war der Junge, der von den Toten zurückgekehrt war. Maxine hatte sein Foto sogar im Zimmer der Aufsicht führenden Seniorschülerin an der Wand entdeckt. Ätzend!

Diese ganze Aufmerksamkeit hatte ihm nach Ansicht Maxines nur den Kopf verdreht. Demnächst würde er anfangen Autogramme zu verkaufen, davon war sie überzeugt.

Ein paar Wochen später sah sie ihn eines Abends zu Hause aufs Sofa hingelümmelt liegen und Popcorn in den Mund stopfen. »Was guckst du so?«, fragte er.

»Ach, nichts«, antwortete sie und blätterte in einer Zeitschrift. »Du siehst nur einer Gestalt aus *Akte X* unheimlich ähnlich, die ich gestern Abend gesehen habe.«

»Du kannst nicht hier bei uns sitzen«, sagte er.

»Wer ist ›wir‹?«, fragte sie, obwohl sie die Antwort schon ahnte.

»Cam kommt vorbei. Wir schauen uns ein Video an.«

»Er kann dich überhaupt nicht leiden. Er hat es mir mal gesagt. Und du magst ihn auch nicht. Schon immer.« Sie

begriff nicht, wieso die beiden plötzlich so enge Freunde geworden waren.
Derek studierte seine Popcorntüte. »Es ist erstaunlich, wie viel netter er geworden ist, seit ich zurück bin.«
Cam kam nie mehr ihretwegen. Er und Derek waren unzertrennlich. Also musste sie sich gleich mit beiden herumschlagen. »Falls du es nicht weißt, ich wohne auch hier. Ich kann das Video sehr wohl zusammen mit euch anschauen.«
Genau in diesem Moment klingelte es an der Tür. »Das ist bestimmt Cam. Und ich sage dir, du schaust dir todsicher kein Video mit uns an.«
Maxine stand auf. »Ich frage Mum. Von ihr kriege ich die Erlaubnis.«
Mum betrat die Diele, als Derek seinem Freund die Tür öffnete. Sie versuchte gerade einen Ohrring anzulegen. Sie sah in jüngster Zeit vollständig verändert aus. Auf ihren Wangen lag wieder Farbe, ihre Augen waren lebendig.
Maxine würde sich ihr Leben lang an den Augenblick erinnern, als sie und Cam Derek zurückgebracht hatten. Mum, ein blasses Lächeln auf dem Gesicht, hatte am Kamin gesessen, als Maxine hereinkam. Sie hatte sich umgedreht. Und dann war Maxine wortlos zur Seite getreten. Was hätte sie mit Worten sagen sollen? Wie konnte sie es Mum mitteilen? Sie war einfach beiseite getreten und dann stand Derek da. Und seltsamerweise hatte ihre Mutter nicht ungläubig aufgeschrien. Sie war nicht in

Ohnmacht gefallen. Tränen waren ihr über die Wangen geströmt, sie hatte ihre Arme ausgebreitet und Derek war hineingelaufen. Ihr geliebter Sohn war zurückgekommen. Sie hatte die Hoffnung nie aufgegeben. Sie hatte immer daran geglaubt. Vielleicht hatte ihre Mutter hellseherische Fähigkeiten wie Luella Oribine.

»Derek«, sagte sie jetzt, »ich verstehe nicht, wieso Maxine nicht mit euch das Video anschauen kann.« Dann verschwand sie wieder in der Küche.

Derek sah Cam an. »Wir lassen sie nicht, Cam. Oder?«

»Du wirst es nicht glauben, Derek Moody, aber Cam könnte auch meinetwegen gekommen sein.«

Das fanden die beiden ziemlich komisch.

»Na ja, vielleicht, wenn ich mir das Hirn hätte amputieren lassen«, sagte Cam.

»Und die Augen dazu.« Das kam von Derek. »Na los, Cam. Küsse sie. Wer weiß, womöglich verwandelt sie sich in eine wunderschöne Prinzessin.« Inzwischen krümmten die Jungs sich vor Lachen über ihre eigenen Witze. »Schließlich passiert das normalerweise, wenn du einen Frosch küsst.«

Maxine stieß einen Schrei aus und stürzte auf sie los. Derek hielt sie auf Armlänge entfernt, während sie ins Leere boxte.

Mum kam plötzlich aus der Küche geschossen. »Benehmt euch gefälligst, alle beide!«

Schuldbewusst hörten sie auf zu rangeln. Anfangs, als Derek gerade zurück war, hatten sie sich darum bemüht, gut miteinander auszukommen. Es war leicht gewesen damals. Maxine war so glücklich, dass sie ihn wiederhatte. So glücklich, das Gesicht ihrer Mutter vor Freude leuchten zu sehen, ihren Vater wieder lächeln zu sehen. Doch das war nicht von Dauer. Sie waren Geschwister und es hatte keinen Sinn, gegen die Natur anzukämpfen. Sie waren nicht dazu bestimmt, sich gut zu verstehen.

Ihre Verbitterung war jedoch verschwunden. Und sie würde nie zurückkehren.

Mum zog ihren Mantel über. »Ihr könnt auch alle mit mir kommen.«

»Wohin gehst du?«

»In die Kirche. Ich gehe in die Vorabendmesse.«

Und dort, das wusste Maxine, würde sie wie immer in letzter Zeit eine eigene Kerze aufstellen für den Jungen, den sie in Dereks Grab beerdigt hatten.

»Irgendeine Mutter, irgendwo«, hatte sie gesagt, »macht immer noch das durch, was ich durchgemacht habe. Sie erfährt vielleicht nie, was mit ihrem Sohn geschehen ist. Wir dürfen ihn nicht vergessen, um ihretwillen.«

Jetzt blickte Mum in die Runde. »Na, was ist? Schaut Maxine nun das Video mit euch an? Oder geht ihr alle zusammen mit Dad und mir in die Kirche?«

Dad nahm die Autoschlüssel vom Dielentisch und warf sie lachend in die Luft. »Tja, Gill, das bringt sie wohl rasch zur Vernunft.«

Auch Dad hatte sich sehr verändert. Eine Zeit lang hatte Maxine sich noch gefragt, wie er nur einen Fremden als seinen eigenen Sohn hatte identifizieren können. Als er es ihr zu erklären versuchte, begriff sie, dass es ihm genau wie ihr ergangen war. »Ich glaube, irgendwie wollte ich, dass es Derek war«, hatte er zu ihr gesagt. »Wenn Derek tot ist, dachte ich, kann deine Mutter das vielleicht akzeptieren. Es wird eine Beerdigung stattfinden. Die Sache ist vorbei. Vielleicht normalisiert sich dann alles wieder. Und ich war ganz sicher, dass es Derek war. Die gleiche Größe, die gleiche Statur, und andere Leute in dem Haus hatten ihn in diesen Kleidern gesehen. Natürlich weiß ich jetzt, dass der, den sie gesehen hatten, gar nicht Derek war. Es war der andere Junge, aber damals war ich der Überzeugung, es könnte nur Derek sein.«

»Sieht so aus, als würde sie an uns kleben bleiben, Cam.« Derek gab grinsend nach.

»Yippee!«, jubelte Maxine und machte einen Luftsprung.

»Deine Schwester ist nicht ganz richtig im Kopf. Das weißt du doch, Derek, oder?«, sagte Cam.

»Das liegt bei uns in der Familie«, verkündete ihm Maxine, entschlossen, das letzte Wort zu behalten.

Familie, dachte sie. Was für ein schönes Wort! Ihr Lieblingswort.

Familie.

Jürgen Banscherus

Novemberschnee

Wie schnell aus Spiel bitterer Ernst wird, merken Lina, Tom und Jurij viel zu spät: Um sich ihren Traum von Australien verwirklichen zu können, malen sie sich immer wieder den ganz großen Coup aus. Bis sie eines Tages tatsächlich nach einem Banküberfall auf der Flucht sind und sich die dramatischen Ereignisse überschlagen ...

Arena Taschenbuch – Band 2635
144 Seiten. Ab 13 Jahren

Arena